이태환 시집

조선미
朝鮮美

해방 후 최초로 발간된 우리말 시집!

[이태환 시집]

조선미 朝鮮美

1판 1쇄 인쇄 2017년 7월 11일
1판 1쇄 발행 2017년 7월 18일

지은이 이태환
펴낸이 김성구

책임편집 이미현
디자인 홍석훈 문인순
제 작 신태섭
마케팅 최윤호 송영호 유지혜
관 리 노신영

펴낸곳 (주)샘터사
등 록 2001년 10월 15일 제1-2023호
주 소 서울시 종로구 대학로 116 (03086)
전 화 02-763-8961~6
팩 스 02-3672-1873 **이메일** book@isamtoh.com **홈페이지** www.isamtoh.com

ISBN 978-89-464-2063-2 03810

이 도서의 국립중앙도서관 출판시도서목록(CIP)은 서지정보유통지원시스템 홈페이지(http://seoji.nl.go.kr)와
국가자료공동목록시스템(http://www.nl.go.kr/kolisnet)에서 이용하실 수 있습니다.(CIP제어번호 : CIP2017016272)

값은 뒤표지에 있습니다.

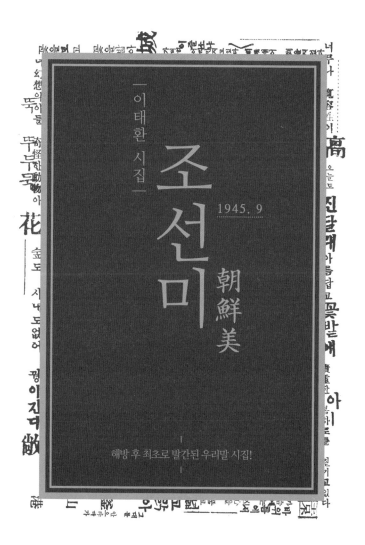

—이태환 시집—

조선미

1945. 9

朝鮮美

해방 후 최초로 발간된 우리말 시집!

샘터

조선미
朝鮮美

차례

차 례

백호도(白虎圖)

너 환상의 아들 기괴한 동물아

제패할 수 없는 그대를

비호(飛虎)라 할가 용마(龍馬)라 할가

그 무슨 신령의 율동이라 할가

또는 조화의 구현이라 할가

진정코 그대가 회화는 아닌지라

비익(飛翼)은 날아

풍우를 부르고

사족(四足)은 공(空)을 밟아

요운(妖雲)을 이르키는 듯

— 섬광은 번적이고

　　진동은 우렁차다

화염을 토하는 홍구

전광(電光)에 불타는 두 눈

목은 죽통 같고

흉골은 투계 같고

발톱은 독수리 같고

허리는 가느나 강인하고

꼬리는 대사(大蛇) 같해

― 모두가 황홀하다

그대의 자의(恣意)를 막아낼

아모 장벽이 없다

시간도

공간도 없다

다만 허공을

무한히 맥진(驀進)하는 그대는

영원히 승리에서 살 뿐

패복(敗伏)은 절무하다

오! 고구려 혼(魂)의

위대한 박력이여!!

석굴암

곱게 피여 오른 연화반(蓮花盤)을

살푼 디딘 옥보(玉步) 위에

아존(雅尊)히 서 있는 자세 ─

부유한 귀와 이마 위에

우미(優美)한 불관(佛冠)을 얹고

초생달 같은 눈섭 밑에

자안(慈眼)은 뜬 듯 감온 듯

높도 낮도 않고

길이 알맞은 코

웃는 듯 다문 입술

풍윤(豊潤)한 용모

두릇하게 돌린 턱

유순한 목

온용(溫容)한 앞가슴

가만히 펴고 만진 바른팔

은연히 굽어 갖인 왼손

목에 두른 이들 염주줄

어깨를 둘러

흘러돈 몇 개의 방불선(仿佛線)

매암이 나래같이 넓은 천의(天衣)

가슴과 등에서

분동(分銅)같이 몽창이 나린 선들

한 치나 대인 듯

끊는 옷자락

─ 너무도 율동적이다

　　정토(淨土)에서 아리는

　　성악(聖樂)의 소리가 은밀히 들린다

유려하고도 섬세한 감각이여!!

온아하고도 정익(靜謐)한 신앙이여!!

석가의 국토에서

「오아시스」 찾아

대륙을 거쳐온 환상이

유현(幽玄)한 석굴암 안에 구현되어

천년도 하루같이

단정히 쉬이는

이들 십일면 관세음보살 –
자애의 화신이 여기 둘러서 있다

고려의 마음
_고려자기의 백운백학도를 보고

구름 위에 구름이 피여 오르고
구름 밑에 구름이 떠가는
맑고 고요한 고려의 하늘 ―
높고 높은 추민(秋旻) 아래
기 - ㄴ 횟바람하고
멀리 멀리 날러가는
고학(孤鶴)이 보인다

군학(群鶴)과 쌍학(雙鶴)도 고귀한 것이나
단학(單鶴)은 더욱 고상하다
너무도 청아한 영학(靈鶴)아
그 좋은 강산 ―
봉만노수(峯巒老樹)서
금수유곡(錦繡幽谷)*을 돌아

―――――
＊ 시집 원본에는 '면수유곡(綿繡幽谷)'으로 되어 있으나 '금수유곡(錦繡幽谷)'의
오기(誤記)로 판단됨.

만주홍엽(滿舟紅葉)을 실고

단암절벽(斷岩絶壁)에서

벽류비폭(碧流飛瀑)이 흩어지는

심산사찰이 그리워

찾아가는 길인가 ―

그대의 시야는

굉대하고 고원하다

백운과 백학을 찬미하야

꿈에도 잊지 못하던

고려의 사람 ―

생각 끝에

아조(雅操)한 갖은 좋은 문양을

주병(酒甁)*에 그려 놓고

이다지

애상(愛賞)하며 도취하다가

자아까지 잃은

너무나 관용성(寬容性)이

지나친 고려의 마음……

― 아려(雅麗)한 비색(翡色)만이

유약 깊이 잠기어

산 듯 부동(浮動)할 뿐이다

―――――
* 시집 원본에는 '주병(注甁)'으로 표기되어 있는데, '주병(酒甁)'의 오기로 판단됨.

경회루

사십팔 개 석주 위에

정중히 앉아 있는 삼십팔간 다락

— 박력이 가득이신

　　대원군의 거룩한 용자(容姿)인 듯하다

한양조(漢陽朝) 건축의

대표적 걸작이여

유교예술의 결정이여

주역(周易)의 상징이여

한학자 재상의

풍부한 얼굴 모습이여

한때는 그대 활개(翅) 밑에

백관이 연집(燕集)하야

기세당당한 때도 있었거만

이제 와서는

주인 잃은 천마같이

넋을 놓고

물 가운데 보이는

수궁을 물끄럼히 쳐다만 보고 있고나

내 기원하나니

명랑한 이 봄이 오고 오고 열 번 오는

오월에는

연화(蓮花)가 정청(淨淸)하고

호룡(虎龍)이 상박하며

무봉(舞鳳)과 서수(瑞獸)가

날고뛰는 그대의 새 의상 아래

아마도 그대를 이우는

신관(新官)이 도임(到臨)하야

축배 들고

금발 미인과 악수하는 것을 보리라

창경원

고색이 흐린

궁단(宮壇) 위에

창서(倉鼠)가 기고

천 갈래 늘어진 고류(古柳)는

춘곤에

불어오는 미풍도

이기지 못하는 심사 ―

철망 아래 떨어뜨린 열매*를

마지못해 줍고 있는

이국조(異國鳥) 「에뮤ー」**의 향수는 가련하다

뜻 없는 관객들은

우왕좌왕하며

꽃을 보고 꽃을 밟아

귀중한 봄 하루를 즐기고 있다

---

*　　시집 원본에는 '열새'로 되어 있으나 '열매'의 오기로 판단됨.

** 호주에 서식하는 날지 못하는 새. 타조와 비슷하게 생겼다.

원지(苑池)

유수한 계곡과

울창한 신록과

명미(明媚)한 호반 사이에

정밀(靜謐)히 고인 이 원지 —

역사가 길어

영영 자연의 호수가 되었고나

거울 같은 호면의

엷은* 파문 밑에는

멀리 벽천(碧天)이 보이고

방실방실 나붓기는 수련화는

어린 가인의

웃는 얼굴보다 아름답다

소어군(小魚群)은

_____

* 시집 원본에는 '넓은'으로 되어 있으나 '엷은'의 오기로 판단됨.

구름 사이로 한가이 꼬리쳐 다니고
연자(燕子)는 곤충을 찾아
중공(中空)에서 자유롭게 날고 있다

뭇노니
꾀꼬리 울어나리는 오월 은림 사이에
쉬어가는 한객(閑客)들아
돌 노음 노음과
심은 나무 하나하나에
여민동락(與民同樂)의
순종(純宗) 어지(御旨)가 있음을 아는 이 그 몇몇인가

비원(祕園)

옛 주인은 이미 명계(冥界)에 가고 없는데
미검*이 두터운 공루(空樓)에는
추엽만이 날러들고 있다

수림 사이서 우는 명금(鳴禽)은
누구를 위한 슬픔인고
흐르는 계류(溪流)까지 목 메인 소리이다

오호라!
부귀영화는 한때의 꿈
뾰족한 가지 끝에는
백운만 끝없이 떠가고 있다

---

* 먼지의 경상도 방언.

평양

녹의(綠衣)에 싸인 목단봉 —

산호 같은

부벽루 을밀대 영명사……

그림 같은 강산아

전설은

꿈같이 소리가 없고

옛도 이센 듯

대동강 청류는

심벽(沈壁)을 실고 무심히 흐른다

오 – 수련 같은 가인아

정영(靜影)보다 고요해

피로(疲勞)서 환희도 모르는 목단봉!

화원(花園)

_대구

안영(岸影)*은 고요한데
강수가 구비구비 흐르는 화원
　사공은 열네를 짚허
　나루배를 건너주고
　객은 율림(栗林) 사이로 지내
　제제금** 촌가로 돌아간다

나는 어느 한 주막에서
잉어회와 붕어곰***에
마시지 못하는
한잔 술을 든 경험이 있다

＊　　시집 원본에는 '안조(岸彫)'로 되어 있으나 '안영(岸影)'의 오기(誤記)로 판단됨.
＊＊　　제가끔.
＊＊＊ 붕어를 오래 곤 국이 아니라 붕어찜이다.

동촌

_대구

설익은 임금(林檎)이

입 사이로 알른알른

보이는 동촌

― 강수는 잠기이고 또 흘러

　가인은 일산 밑에

　노를 젓고

　낭인은 그물을 던저

　천렵(川獵)을 한다

때는 거룩한 석양이었다

나는 거대한 제방을 걸었다

넓은 하늘 밑에

오직 홀로 걸었다

불의에

굉성(轟聲)은 맑은 공중을 깨뜨렸다

드디어

나의 정심(淨心)도 사라지고

걷든 방향을 돌려

고개 들어 비기(飛機)*를 보았다

---

* 비행기.

고창성

허무러진 축성에
이끼 앉아 (끼여)
고색이 푸른 고창성
— 진달래 꽃밭에
　　나비 날고
　　새 울고
　　꿩이 긴다

춘색이 태탕(胎湯)한 봄날이면
나는 으레히
송림 사이로 걸어본다
은령(銀鈴)을 굴려 내는
꾀꼬리 소리는 귀에 아름답고
윤택한 신록빛은
눈에 아름다웠다

밤이면 유독 달밤엔

포구나무에

소쩍새 채수리 우는 고창성 ―

이미 내 떠난 지 오래이지만

영영 잊을 수 없는 소락원(小樂園)이 되었다

부산항

비 나려 회색에 싸인 부산항
― 기적 우는 곳에
　　흑연(黑煙)이 오르고
　　마정(馬釘)*의 소리 충심(充甚)한 포도(舗道) 상에는
　　걸군(乞群)의 발길이 빠르다
항구의 궂은물 위에는
니무 껍지가 떠 있고
먹두리 쓴 인부들은
기름통을 굴리고 있다
남해안 정기선 기다리는 승객들은
비에 섞어 열(列)을 지었다
이마에는 불평(不平)의 선이 있고
얼굴에는 생의 권태가 엿보였다
「이것이 대동아전의

―――――

* 말발굽.

의미심장한 맛이구나」

열 중의 한 사람이

큰소리로 이같이 야유하였다

비 나려 회색에 싸인 부산항

― 배도 집도

　섬도 산도

　바다도 하늘도

　다― 회색이었다

　기적 나는 곳에

　흑연이 오르고

　마정의 소리 충심한 포도 상에는

　걸군의 발길이 빨랐다

해운대

잔디 풀 위에

때 아닌데

봄날 같은 햇살이 퍼지고

소림(疏林) 사이서

물새가 우는 해운대

— 그 먼 적도서 굴러오는 물결이

　　비로 닿는

　　오륙도 파도성(波濤聲)은 우렁차다

바다의 정열가 백구(白鷗)는

오늘도 역시

창해를 즐겨 날고

남으로 수평선 저쪽에

아득이 부침하는 섬은 보이나니

— 이는

　　그 옛날 신라의 자손이

　　또 하나 발전을 구하야

쉬어 가든 두 섬이란다

유달산

_목포

그저 흉시러운 석괴를

무잡하게 쌓올려 된 산 ―

그 옛날 혼돈기에

낙뢰를 떨어뜨린 흔적인가

혹은 지하에서 토해낸

보기 싫은 분비물의 결정인가

또는 피하여 가던 마왕이

황해안 해암(海岩)을

함부로 주섬주섬 주서 놓고

일야(一夜)를 쉬어 간 진지(陣地)의 흔적인가

그 좋은 금강산

― 칼날인가 고드름인가

　　우삣주삣한 제봉(諸峯)이며

　　조화옹(造化翁)이 이 세상 갖은 모형을

　　만물상에 만들어 놓고

　　일본해 거처 가는 길에

신부(神釜)의 묘(妙) 다하야 기념으로

깎아 세운 자연비(自然碑) — 총석정(叢石亭)은

닮지도 아니 하였다

있을 곳에 있을 것이 없어

어색한 산 —

숲도 시내도 없어

문자 그대로 황산(荒山)이다

이 밑에 게딱지같이 엎드린

시가(市街)에 사는 사람도 저와 같다

이 고을 도덕은 배금주의(拜金主義)다

— 눈에는 독기가 서고

가슴에는 흉심(凶心)을 품고

마치 부산항처럼

손에는 이권의 갈퀴를 가진

말과 마음이 맞지 않는 사람이

많이 모여 산다 한다

그래도

해 질 때 십 리 저쪽서

바라보면

일모색(日暮色) ― 자연(紫煙)에 싸여

태산(泰山)의 웅자(雄姿) 새롭고

팔월 십오야 둥근 달이 뜨면

영산강 쉰 길 아래

월출산과 상호응(相呼應)하는 것 같고

금풍(錦風)에 배 띄우고

달 위에 낚시 담그면

멀리서 들려오는 소리……

「강강수월래」는

선인의 지모하신 전술을

또 한 번 회상케 한다

통영항

통영은 아름다운 항구 ―
바다냐 호수냐
수면이 거울 같애
하늘에 뜬 백운이
그 밑에 또 하나
거꾸로 보인다
― 한산섬도 남망산도
    세병관도 공주도도……
이는
꿈 많은 해녀들 잠자리에
흔이 명멸하는
수정궁인가 신기루일가

자홍기 청황기는
해풍에 날고

어장배* 장배** 긴긴 짐대 위엔
갈매기들이 돌아 날고 있다

조개 껍지가 밟히는
통영 거리에는
장바구니 든 여인네들이
어색한 방언을 하고 지나간다

이 항구 동리 동리에는
골 이름이 많고
골골에는 고담(古談)을 잘도 하는
늙은이들이 살아 있어
밤이면
꽃보다 아름다운 전설이 무르녹는다더라

———

*   고기잡이배.
** 시장의 상인이나 물건을 실어 나르는 배.

삼천포

평화에 싸인 삼천포 --
부드러운 보리밭에
부드러운 해풍이 고요히 불어오고
홍안(鴻雁)이 나는 바다에는

한가한 백범(白帆)이 한가히 떠간다
물결은 사장에 사라져
백화(白花)를 짓고
소하(小蝦)는 바위틈에
가벼히 어루만지고 있다

머지 않은 곳에
우묵한 송림이 나를 불러
걸음을 걷는다 --
이따금 우는 산새 소리
귀에 아름답고

창궁(蒼穹)은 저같이 넓고 맑아

노 없이 떠가는 백운은

언제나 자유로웠다

여수

여수항 들어가니
해는 서산에 빠지고
납철빛 바다 위에는
아직 백구(白鷗)가 비겨 날고 있었다

제남관 윗산이
껌어들어……
해안선 「노다지」에는
자홍의 마등(魔燈)이 큰 눈을 떴다

우리들은
부두에 첫 구두를 놓쳐
문 밖에 꼬막 껍지가 밟히는
어느 한 여숙(旅宿)을 들게 되었다

북한산

저 – 저기 보이는 산이 북한이란다
그 이마 위에 묵직히 큰 관운표(冠雲表)에 솟고
자회색 이십일 년 전 그대로 역연(歷然)허다

잊을소냐 그 희망
아 – 변할소냐 그 뜻

한강

자는 듯 흐르는 듯

기 – ㄴ 청라(靑羅)를 편 한강수

오는 듯 가는 듯

저기 백범(白帆)이 떠 있고

사막 같은 백사장에는

조개 줍는 여인네가 아득히 보인다

오월 훈풍은 불어서

신록 끝에 소곡(小曲)을 알리는데

이때 중공(中空)에 일엽(一葉) 되어

횡강(橫江)*하는 산(山)비둘기는

그 무슨 전설의 씨를 물고 가는고!

천년도 하루같이

한강은 저대로 흘러가리라

＊ 시집 원본에는 '강(江)'으로 되어 있으나 '횡강(橫江)'의 의미로 쓰임.

석우(夕雨)

장국화 핀
앞집 울 넘어 처마 끝에
참새들이 소란히 지저귄다

바위에 바위 얹어 산이 된 북악 위에
시커멓케 묻어 있던
구름이 또 구름을 낳고 있다

어디서 왜과리 한 마리
저쪽 취운송산(翠雲松山)으로 날러 가자
오-ㄴ 세상이 캄캄한 비맛이다

우리 집 담장 위에
호박잎이 뚝 뚜두둑……
개천 냄새가 물쿤물쿤 떠오른다

아이차

앗가 삼청계(三淸溪)로 빨래 가던

그이가 누구 집 아가씨던가

아마 그 맘도

벌서 빗물이 젖었겠다

삼청산월(三淸山月)

이제 막 단장을 끝낸 미희(美姬)가

아름다운 맵씨를

가만히 거울에 비쳐 보듯

창경궁 저쪽서

취운송산(翠雲松山)* 위로

붉은 달이

그 어여쁜 얼굴을 엿보이기 시작한다

마치 미지의 심연서

눈에 보이지 안는 거대한 성(聖)의 힘이

숙달아 올린 듯

중천에 떠 있는 그대를 형용하야

틈 없이 칠한 벽색(碧色) 화포에

지상의 묘수가

다맛 둥구럽게 수놓은 금포(金匏)라 할가

먼저 북악산정(北岳山頂)을

다음에 연색(鉛色)에 싸인 삼청곡(三淸谷)을

신비한 은광으로

물드려 주는 그대는

밤이 짙어 갈수록

장안(長安)**에 있는 가지각색을

듣고 볼 수 있으리라 —

부나비 같은 맘에

침울한 조선 청년이

드나드는

가로(街路)의 골목 다점(茶店)에서

일부러 애상을 섞어

이국 가수가

떨어 올리는 목소리며……

고결한 백합도

농염한 목단도

정결한 연화도

요염한 장미도

향그러운 어원(御園) 사이로

가만가만 보보(寶步)***하는 소복 궁녀의

차디찬 백안(白顔)도 볼 수 있으리라

꼭 이때

몸만 지고 망명한 지사들이

주간(晝間)이면 은신하였다가

밤 되면 만국공원에 나와

실낭과 희망이 번기는 맘 속에

저 달을 보고

조국의 수도 — 한양을 오직이나 그리워할가

신라국 포로가 된

악성(樂聖) 우륵이가

고적한 회포 끝에

뜨거운 향수를 이기지 못하야

이국의 어느 한 강가에서

가야금에 몸을 실어

이 한 곡을 타던 때도 저러한 달밤이던가

왜강(倭羌)이

이때나 올가 저때나 올가

남해안 우렁찬 파도성 들으면서

요기저기 항해하시며

근심 속에 색적(索敵)하시던 공(公)이

보신 달도

아마 저 달이겠지!

나는 어린 동자들처럼

두 팔을 벌리고

그대를 안으려다가

다시 청송지(靑松枝)로 새 – 오는 자광(慈光)에 싸이여

심사숙고하는 삼국불(三國佛)처럼

팔은 턱을 싸고 다리는 다리에 얹어

삼청곡(三淸谷) 제석(祭石) 위에 앉아 있노라

바위틈에서

태초부터 흘러나리는

이 감천(甘泉)의 소리를 듣고 있으니······

왠일인가

그 옛날 백민(白民)의 영수(靈壽) 도인이

수도정심(修道淨心)하던 광경이

눈앞에 삼삼거리는 것 같다

산도 들도 바다도 강도

거리의 다점도 궁중(宮中)도

이역 도시의 망명객에게도

다같이 비쳐주는 그대는

과거 기만 년부터

미래 기억 년까지

저대로 오고가리라

등교
_겨울아침

마른 잎 하나 남지 아니한 고지(枯枝)에도
아침마다 쨍쨍이는 까치 소리는
언제나 명랑하다

나는 된장국과 동김치에
아침을 먹고 학교로 나서면
백무(白霧)를 헤치고 오르는 태양이
마치
흰조시* 안에 싸인 노랑조시 빛이다

계천에는 눈뜨기 전부터
어린 아해들이 모여
쏠매를 타고 팽이를 돌리며
동태같이 얼어붙은 길바닥에는

———
* 조시는 '자위'의 경상도 방언이다.

노우(老牛)가 거꾸로 자빠져
뽕 뿌리처럼 사지를 디궁군다

경복궁 광로(廣路)에 이르면
궁단(宮檀)에 어리인 햇빛은 붉어도
하늘은 청옥같이 푸르고
공기는 수정같이 투명하여진다

송곳 끝같이 예리한 서울 추위 —
뺨에 닥치는 한파 한파가
피부를 쪼개고 귀를 채질하고
손발은 마비가 되어
가진 책보도 던지고 싶은 맘이다

이윽고 피가 돌아
전신이 따뜻하여지면
중학동서 전차를 타게 되고
제각기 방한복장은 하였으되
승객들이
추운 얼굴을 하고 있는 것을 본다

혹서

낮은 고가(古家)의 기와장 위로

전차 전차가 달리는 포장로 위로

산허리의 백토 위로

빈틈없이 캉캉나리 쪼이는 태양 —

눈알이 뜨거울 만치

팽창한 하공(夏空)에는

황유리 빛 같은 염파(炎波) 염파가

두굴두굴 궁구러

장안의 정오가 일대 용광로 같다

이 화열(火熱)에 압도된 군중은

숨도 옳게 쉬지 못하고

팟죽 같흔 땀만 흘리고 있다

초화(草花)까지 시들고

연자(燕子)까지 서기(暑氣)를 피하야

그늘을 찾는

장안의 여름 공중(空中)은

연옥의 그것을 상상케 한다

나그네길

가다가 서니
도향(稻香)이 복욱(馥郁)한
십 리 벌 들판이다
갈 길이 멀어
벽공(碧空)에 뜬 흰 구름 저렇게 아득할가!

「배추밭에 쉬 드는 호박꽃
돌담 넘어 입 벌린 석류알」
이것은 약 반시간 전에
내가 지내온
촌동리의 가을 정경이다

벼이삭을 지고 오는
촌(村)지애비에게 갈 곳을 물으니……
손을 가르처
「저 – 저기 구름 피여 오르는

첩첩 산중이라오」 하였다

「거기도 집 있어 사람 산다오」
오 - 갈 길이 하도 막연해
홀로 걷는 나그네길 서러워라

암자(庵子)길

꼭디 위에
법운이 피여 오르는 암자길 —
가다가 태석(苔石) 위에 앉아 쉬니
동구에 나려오던 여승이
합장하고 인사를 한다
우서 답례하고
또다시 오르니……
걷는 수음(樹陰) 사이는
선사의 범향(梵香)이 흐르고
태산의 섭리 흡족히 가진
약초가 요기저기 욱어저 있다

단암(斷岩) 사이서
태수(苔水) 흘러 감천(甘泉)이 고이고
청송을 헤쳐
손으로 움켜 마시니

두 활개는 날라

맘은 저쪽 하늘에 오른 듯하였다

산(山)재

옛날 영문(營門) 시대*
삼인육각 잡히고
삼도통제사 쉬어 가던 곳이였만
칠 년 전 산 밑으로
신작로가 된 후
이 재에는 하루에 생강장수 하나 보기 어렵다

성황당 곁
여운 나무 가지에서
이름 모르는 산새가
소리를 빵울빵울 떨어뜨리곤
먼 녹두밭으로 날러간다

---

* 감영(監營)이 있던 시대. 관찰사가 행정업무를 보는 관아를 감영 또는
  영문이라 하였다.

때 잃은 백일홍 밑에는
열녀각이 썩어 있고
울퉁불퉁 무덤 위는
피기꽃*만 너울거린다

초가을 석양
산그늘이 어리인 이때
등짐쟁이 홀아범 하나
단지밥을 지으려고 연기불을 올린다

---

* 백모화(白茅花). 삘기꽃이라고도 부른다.

적요(寂寥)

목동과 초부*만 오르내리는 산도(山道)

산그늘이 어리인 이때

송풍이 거칠고

임자 없는 울퉁불퉁 무덤 위는

피기꽃만 너울너울

피기꽃만 너울너울

오늘도 난데없이

「가노라」 소리가

멋들어지게 들려온다

오─ㄴ 산에 엎드린 망령 외에는

누구 하나 들어줄 사람 없는데 ……

━━━━━
* 나무꾼.

흉사(凶死)

광풍이 불어
산천초목이 울울거린다
검은 구름이 펑펑 달아난다
흰 달이 얄궂인 눈으로 넘어 본다
마른하늘이 울고
번개가 번쩍번쩍 한다
해암에는 설레이는 파도가
함부로 부디치고 있었다

이때 왠일인가
산 넘어 비각 곁에서
목을 놓고 우는 새파란 각씨의
괴상한 울음소리가 들리여 왔다

이 밤을 지낸 아침날
바위가 숭시러와*

나는 새조차

나래를 조심한다는 구리꽃이란 곳에서

어떤 황당한 고기재비가

여인네의 집신짝과 허리띠를

얻어온 소문이 들려왔다

---

* '흉스러워'의 경상도 방언이다.

어-하능

_애가(哀歌)

검은 아까시아가
검은 그늘 위에
흰 꽃을 떨어뜨린 신작로로
흰 옷 입은 촌 장꾼이
오고가고 한다

오월이 한창인 오늘도
개 건너 들려오는 소리……는
기-ㄴ 나그네 떠나는 사바(娑婆)의 서름인가……
어하능 어하능 어하리능차 어하-능
어하능 어하능 어하리능차 어하-능

여수(旅愁)

여창(旅窓)에 별빛 어리인 이 한밤
우수수 바람조차 불어
문풍지 설레이는 방
여로(旅勞)가 애수롭고나

옳게 눕고 모로 눕고
가로 눕고 치누어도
잠 못 드는 이 밤이
새이지기만 기다리노라

부평초 같은 여로
명일이 되면
또 그 어데로
떠가는 구름이 되랴느냐?
오 – 고독한 여정이여!!

별

별은 밤하늘에
피는 창백한 꽃
빛은 있어도
반디불같이 차다(冷)

백어(白魚)의 맥박(脈搏)처럼 연약(娟弱)해
은실을 주었다 댕겼다……
찬 눈이 다아
깜박깜박하는 별
그러나
별은 추억을
자아내는 슬픈 열쇠다

내 혼이 밤길을 걸을 때면
문득
산 위에 빛나는 별을 보고

주춤 발을 멈추어

어린이의 망령처럼

맘은

아니 보이는 먼 나라로 찾아다닌다

명랑(明朗)

내 일곱 되든 어느 봄 아침 날

말방울을 달고

발끝으로 쫓아

새 많이 우는

우리 집 뒷산에 올라서니

   하늘은 푸르고

   돛배는 휘더라

이때 보리밭에 기는

푸른 꿩 한 마리 보고

말방울을 던졌더니

꿩은 아니 맏고

나래*를 후닥닥 털며 날러갔다

나는 손뼉을 치고

풀내 나는 이슬 밭을 달아나며

「아이갸− 꿩 바라!

꿩이 난다 꿩이 난다」

소리를 질렀다

소경(小景)

맑은 시냇물 고여

소어군(小魚群) 모여 놀고

실버들 늘어서

칠색 여금(麗禽)이 찾아들고

병목(並木)이 선 촌길과 촌길을

이어 주는 좁은 다리가 놓인 곳에

무거운 다리를 쉬여 간 적이 있다

땀을 씻고

손발을 담근 다음

다시 가면서 이렇게 생각하였다

가을밤 푸른 달이 중천에 뜨면

이 동리 느티나무 위에

부엉이 울고

저 – 먼 산 바위굴에 여호 소리 날 때……

아마도 내쉬인 이 자리에는

향그러운

들국화 밟고 온 어린 노루들이

저 물을 배부르게 먹을 게다

초봄 아침

오갈피나무 가지 위에
참새 모여 우지짓고
둥캥!
당에 굿소리 아니 나건만
두촉나무* 그늘 밑에
달팽이 춤추는 아침

노고지리 보표(譜表) 그리며
중천에 오르자
산 넘어 오든 미풍이
보리밭을 쓰담어 가다가
아지랑이 새로 사라져 버리는 아침

산곡에 웅킨 꾀꼬리
봄 기다리는 맘 초조한데

눈 녹아 시내 소리 나는
어느 한 바위돌 위에
이미 와
해오리 다리 들고 조는 아침

탕근 쓴 촌 늙은이
눈 부비며 동창 열고 나서
담배 물고
외양간 소 고쳐 매는 아침

대지에는 풍신(豊神)이
들에서 자다가 선잠을 깨고
천신(天神)은 구름 밑에 나려와
한가히 잠들고** 있는
참으로
평화와 행복이 넘치는 아침

———
* 두충나무.
* 시집 원본에는 '감돌고'로 표기되어 있는데, 이는 '잠들고'의 오기로 판단됨.

오월

오월은
「구로 – 뿌」* 풀밭에
붕붕거리는 벌 소리 더욱 커지고
목단과 작약꽃 위에
범나비 춤추는 시절이다

오월은
공산에 한고조(閑古鳥)** 울고
청초목야에
가벼운 걸음을 걷는 사슴이
맑은 물가에 와서
양순한 자기 모습을
비춰 보는 시절이다

오월 공중은

푸른 꿩알처럼 투명하고

부드러운 훈풍이

불어가고 불어오는 시절

지당(池塘)에 수련화가

방실방실 웃는 시절

녹음 사이서

조선의 아가씨들이

그네 뛰길 좋아하는 시절이다

목동은 방뚝에 앉아

피리를 맨들고

황우(黃牛)는 창궁(蒼穹)을 우러러

「엄마」를 부르는 시절이다

오월은

목신(牧神)과 화신(花神)이

이 대지에

그 가진 바 미(美)의 자수를

홈빡 짜내여 보는

참 좋은 시절이다

＊　클로버, 토끼풀.

＊＊ 뻐꾸기.

참 좋은 경(景)이다

오월 훈풍은

봄볕 사이로 불어와

물레방아 소리

귀에 아득하고

까시덤풀서 파랑새가 난다

백수(白水)는 산곡(山谷)을 돌아

흰 돌 위로 흘러가고

나는 걷든 발을 멈추어

숲 사이 먼 하늘 바라보며

「아 – 참 좋은 경이다」 감탄하였다

선경(仙境)

_정릉리

솔뿌리 밟고 밟아

아리랑 고개 올라서면

이 웬일인가

참 좋은 경(景)은 전개되나니

그 옛날

호젓한 고려시대

손가차가(孫家車哥)*가 살던 신경(仙境)이란다

산 좋고 물 좋고

돌도 좋고 숲도 좋커니와

꽃도 좋고 정자조차 좋은

이 계곡을 돌고 돌아 오르면

보이는 머 – ㄴ 산성

바늘귀 같은 새파란 성문을 넘어

북한 가는 길이 있단다

---

* 손씨와 차씨. 전해오는 이야기에 따르면 고려 말 손씨 등이 귀양을 와서
  지금의 정릉 지역에 마을이 생겼다고 한다.

성경(聖境)

_우이동

유원(悠遠)한 벽공(碧空) 아래

북한산두(頭) ― 백운대는 숭고한

그 부용봉을 들어

가만히 사야(四野)를 굽어보고

남북으로 길게

장엄한 활개(산맥)를 폐여

찬란한 가을옷을 입었다

　　소야(小野)도 있고

　　소산(小山)도 있고

　　소곡(小谷)과 소천(小川)도 있고

　　소림(疏林)이 있는 곳에

　　동리가 있어

　　가을 하늘에

　　타곡기 소리가 들려오는 우이동

　　걷는 신작로 가에는

　　칠율(漆栗)이 명상을 하고

청초한 산국(山菊)은

물가에 하늘가에 향그러이 웃고

새 우는 송림(松林) 사이는

초녀*들이 송이를 줍고

다람쥐는

꿀밤을 물고 나무를 탄다

차아(嵯峨)한 산악이

거대한 병풍을 둘러

광범한 평야가 된 우이분지는

이제 유현한 가을 석양에 싸이였다

나는 대우(大愚)와 같이 유장(悠長)한 걸음을 걸으며

영구히 성애(聖愛)에 포섭되여 버렸다

이때부터

우이동은 잊을 수 없는

나의 성경이 되었다

———
* 땔나무를 하는 여인.

아름다운 자연

층암(層岩) 틈틈에 푸른 왜동송(倭童松)

사이사이 울긋불긋 진달래

이 산 저 산에

뻐꾸기 소리 낭자하고

요기저기

청석(靑席)을 편 맥전(麥田)

가을 되면

밭두렁에 손짓하는 새꽃*

오직 이것만이 어찌

조선의 아름다운 자연이겠습니까

산 밑에 숲 욱어진 곳

죽림 돌아 울 되니

그 안에 누워 있는 초가

처마 끝에 또 하나 제비집

지붕 위에 웃는 흰 박꽃

가을 되면

중천에 붉은 감

달밤엔 부엉새

오직 이것만이 어찌

조선의 아름다운 자연이겠습니까

산 밑에 숲 욱어진 동구 머리

샘솟아 시내 되니

그늘 깊은 곳에

소천어(小川魚) 모여 놀고

방뚝엔 풀 뜯는 둥굴소**

밤 되면 반디불

가을 되면

향그러운 들국화

오직 이것만이 어찌

조선의 아름다운 자연이겠습니까

촌 거리에

녹두 낫치 튀고 보리대가 탈듯

하늘 밑을 나리 쪼이는 들판에는

나날이 살찌는 나락모

이따금 꾸불둥하고 나리는 황새

가을 되면

도향(稻香)에 모여드는 참새떼

뽐내는 허수아비

오직 이것만이 어찌

조선의 아름다운 자연이겠습니까

———

*   억새꽃.

** 황소.

바다로 가리라

나는 항구의 아들
　　바다로 가리라
툭 티인 수평선
부디치는 파도성(波濤聲)
오고가는 백범(白帆)
한가한 낚시질
이는 나의 심핵(心核)에 어린
　　동경(憧憬)의 구슬이어든

나는 항구의 아들
　　바다로 가리라
뱃길에 나는 수천의 갈매기
전개되는 해안의 기암괴석
해초 사이로 쌍쌍이 도는 어군(魚群)
고기잡이의 와작한 환희성(歡喜聲)
이도 나의 심핵에 어린

동경의 구슬이어든

나는 항구의 아들
   바다로 가리라
지척을 막는 흰 안개
난데없이 이는 광풍
바다의 냄새 또 그 물빛
밤하늘에 돌아오는 군성(群星)
이 또한 나의 심핵에 어린
   동경의 구슬이어는

나는 항구의 아들
   바다로 가리라
물 밑에 보이는 백사장
조개 줍는 해녀들
항구에 오르는 첫 발길
선인에 올리는 경배
이도 또한 나의 심핵에 어린
   동경의 구슬이어든

한산도

그 먼 남양(南洋)서
야자수 거처오는 바람이
바로 향그러운 한산섬
— 송산(松山)에는 백학이 날고
　덤풀에서 꿩이 울고 간다

오늘이 7월 8일
제승당 숲 사이
우는 매미 소리
유독 처량하고
저회(低徊)하는 사람의 맘은
더욱 거룩해진다

저것이 해갑도 어니
함성이 진동코
연화(煙火) 충천할 때

천만 아우성

살아진 곳 그 어디메냐?

통쾌와 원한은 자취가 없으되

해안선 노석(露石)에는

오고 또 오는 물결이 희여

천고의 자장가 소리 끊어지지 않고

푸른 해초림 사이는

무심한 소라

오늘도 고히 잠자고 있으리라

---

* 이순신 장군이 한산대첩에서 승리한 후 최초로 올라 갑옷을 벗고 땀을 씻은 섬.

동지여

은행나무는
동리 집집에 두어
높은 가지 끝에
서금(瑞禽)이 와 웁니다

송산(松山)에는
아침부터
천풍이 감돌고 있오

동지여 오시요
우리 집 사랑방에는
경서(經書)도 있고
정란(靜蘭)과 절죽(節竹)의 명화도 있오
명일의 설계는
이곳에서 밀의(密議)합시다

고려류(高麗柳)* 늘어선 긴 가지에
홍우명조(虹羽鳴鳥)가 나는
강가로 돌아 올가요
매실주(梅實酒)가 있오
안주는
생삼청(生蔘淸)을 하오리까

캄캄한 칠야(漆夜)입니다
뽕밭에 빗방울이 떨어지군요
덥거든
들창을 열어도 좋소
유자나무 울 밑에 가서
파수(派守)를 보오리다
요담(要談)을 하시지요
「피라」**는 미리 찍어 두었오
건조한 화약은
항아리에 넣어
언제나 암실에 감추어 있오

동지여

우리의 표어는 오직 하나뿐

「소아(小我) 버리고 대아(大我) 건짐이였오」

매리(罵詈)도 치욕(恥辱)도

아사(餓死)도 한각(閑却)도

우리의 신의와 절개를 빼앗지 못하였오

기치를 높이 들어

명일을 실현합시다

사(死)와 생(生)은 우리의 알 바가 아닙니다

———
＊　　버드나무.

＊＊　삐라, 선전 전단.

동백꽃

윤택한 푸른 잎과

붉은 꽃을 가진 동백은

'명상과 열정 ― 정(靜)과 동(動)의

이대(二大) 진리를 가졌다

언제나 묵묵해

비 오면 비 오는 대로

바람 불면 바람 부는 대로

추우면 추운 대로

늘 정중한 그대는

뜻 있는 한학자(漢學者)의 모습과도 같다

그대의 열정과 인고는 거대하나니

― 만산병엽(萬山病葉)이 떨어질 때

　　삼동설한에

　　능히 고절(苦節)을 지켰다가

　　봄 되어 신생(新生)이 피여 오르면

사명을 다하고

단두대에 오르는

선각자처럼

그대의 꽃은 목부터

툭! 하고 지상에 떨어진다

불상

자애의 모습이여
엄숙한 신앙이여
정심(淨心)*의 구현이여
부동의 정신이여

※ 시집 원본에는 '정필(淨必)'로 표기되어 있는데, 이는 '정심(淨心)'의 오기로 판단됨.

형관(荊冠)

인고의 상징이여

희생의 극단이여

사생의 초월이여

위대한 신념이여

먼동은 튼다

동은 튼다─

건너편 마을서
힘차게 새벽을 고하는
닭의 소리가
아슴프레 들려온다

기─ㄴ 밤 가이없는 바다
수평선 한기슭에
빛나던 진주별 살아지는 곳
장미빛 서광은 비친다

그대 광명의 선촉자(先觸者) 산이여
눈을 가리고 멀리 손짓하야
봄을 전하는 맞바람 불러
꿈꾸는 이 땅에 나팔을 울리라

거무하(居無何)에
백귀(百鬼)의 노염(怒炎)같이
주(宙)의 주재자 ‒ 태양은
전신이 불타며 등천(登天)하리라

깊은 밤 바다를 단숨에 마시고
동하늘 가로막는 마운(魔雲)을
쏜살같이 포착하야
꽃보다 붉게 물드려 주리라

대구역

대구역 나리니

후반야(後半夜) 두 시 반

걷는 광로(廣路)에는

한월(寒月)이 깔려 눈빛같이 희고

헌병은 앞서

나는 그 머리를 밟고 갔다

기구(奇懼)한 운명이다

8년 전 오늘밤

현(玄) 교장*과 여러 동류의 축배 받고

저 달빛 이 길 위에

너와 내 비단에 싸이여

쌍나비처럼 보보(寶步)하였거만

이제 왜인의 포로가 되다니

그 무슨 야유냐

이미 상거(相距) 7백7십여 리

내 그 원인(原因)을 알리라는 바 아닌지라

비노니

님이여 이 한밤 서울 방은

오직이나 추우랴

과히 상심 마시고

어린 것들에

새 이불이나 깔고 덥허주소

---

* 대구 계성학교의 교장이었던 해롤드 핸더슨(Harold H. Henderson) 선교사를
  말한다. 핸더슨의 한국명이 현거선(玄居善)이었다. 시인은 이 시를 쓰기 8년 전,
  그러니까 1937년 겨울 핸더슨의 주례로 대구에서 결혼식을 올렸다.

유치장 한밤

피 끓는 영남아(嶺南兒)들

이 안에 앉아

그 무슨 실오라기 같은

희망의 간담(懇談)인고

(감시인의 잠든 틈을 타서)

겨울밤 하늬바람에 놀래 짖는

개소리 귀에 처량하고

옥창(獄窓)에도 달빛은 고여

함부로 부딪치는 오엽성(汚葉聲)은

봄비 소리보다 서글프다

유치장

깎근 격자(格子)를 드문드문 세워

앞창이라고 만들고

옥문은 둔중하야

중세기의 성문 같고

자물쇠는 궂이 잠기여

쇳등이 그대로 물직하다

용변소는 바로 안에 있어

악취가 대단하고

광(光)이 없어 침울한 방이다

— 가장 습(濕)하고 가장 서(暑)하고

　가장 냉(冷)하고 가장 누추한 곳이다

　먼지는 흔 솜틀집 이상이고

　독충(毒蟲)은 연중으로 성그려

　서울 어느 향랑방보다 심하고

　모포는 대궐 흔 문(門) 곁에

은신하는 걸인의 그것에 비유할 수 있다

유치인은 반드시 악인만이 아니다
양인(良人)도 있고 도인도 있고
불운한 사람과 무력한 사람이 태반이다
유치인은 먹지 못하고 자지 못하고
한랭(寒冷)에 떨고 독충에 물리고
휘갱이* 같은 취조인에게 반사(半死)가 되어
하루하루를 보낸다

유치장은 현세에 볼 수 있는
가장 지옥이다
자유라고 이름도 없다
한 달만 있어도
털이 돋고 얼굴이 화물(化物)같이 핼숙하고
전신이 해골이고
손톱 발톱이 길어 독수리 같해

———
* 망나니.

귀인도 곳 괴물이 되여 버리는

아주아주 흉축(凶畜)한 곳이다

유치인의 심사(心思)

참참한 널판 위에
숨도 옳게 쉬지 못하고 앉은 유치인들
— 순간을 새겨 때를 보내고
　때를 새겨 하루를 보내고
　하루하루를 헤여서
　달을 보내는 심사
　오늘도 이리구로하여서 헤는 진다

아지 못하면서
나갈 날을 기다려
속히여 사는 유치인들
틈만 있으면 먹는 이야기다
굶주린 끝에
한 개의 주목밥을 들고
금단의 실과(實果)처럼 달게 먹는다

독충과 추위와 매질에

마음의 안정을 잃은 유치인들

잠만 들어도

천국을 꿈꾸어

속세도

유치장 내에서는 바로 낙원이다

날이 가고 달이 갈수록

수염이 길어 괴화(怪化)하는

유치인의 심사는 가련하다

감방의 감상

형무소 미결소는 초만원이다

38호실 앞에 섰다

긴 낭하는 냉장고같이 차다

옥문은 물방아처럼

찌굴덩하고 텅하는

납철이 떨어지는 소리를 한다

나는 감방의 사람이 되었다

세 감시구 안에

감금을 당한 수인들은

마치 탐정소설에 본

마전(魔殿)의 지하실 밑에

사로잡힌 사람들같이

줄러런히

목만 내여 놓고

남루한 이불 밑에 누워 있다

나도 이 감방의 질서에 의하야

가장 좁고 불편한 자리에

신골을 치듯 비비 누웠다

뼈와 뼈가 다아

옳게도 돌아도 눕지 못하고

설익은 채 잠을 깬 익일은

70년래 가장 추운 아침이였다

자연은 옥창에도 그 작용을 어기지 않고

마치 백자기의 음각(陰刻)처럼

당초 등 봉황 등 문양을

우유빛(白銀) 부각(浮刻)으로 새겨 놓았다

기상은 먼동이 틀 때 창을 연다

남양초(南洋草) 냄새 나는 해풍을 호흡하고

또 참새 소리 공으로 들으면서

민족의 해방과 동지의 건투를 위하야

나는 합장하고 기원을 올린다

이 시는 서경(敍景)에 가까운 솔직한 사실(寫實)이다. 그러나 과거에 있어서 왜정(倭政)을 가장 싫어하던 한 학생의 소리이며 가능한 정도로 그 지배와 협력을 피하고 더 좀 조선의 자연을 사랑하고 조선혼을 유지하여 보려는 뜻이다.

과거 조선사회는 그 냄새만 아니 날 뿐이지 완전히 부패하여 버렸다. 과연 최후까지 민족사회를 살리려고 노력을 일관한 사람이 몇몇인가? 금일에 혼돈을 이룸은 과거에 사회적으로 저력이 될 만한 숨은 지사(志士)가 극히 희소하였다는 증좌이다.

나는 이 글을 조선을 우려하는 학생 제군에게 힘의 힘이 될가 하여 보내는 바이다. 아마도 제군은 자조 나리는 가랑비(細雨)보다 큰 우뢰소리 진동하는 폭풍 전 흑운을 더 좋아할 것이다.

부호(富豪)가 인(人) 중 최존의 적(的)이 되는 이 사회.

약탈과 강욕과 기만과 모략이 그 우상적 도덕일 수밖에 없다.
질소(質素)한 생활과 고상한 사색은 그 자취가 영원이 사라지려
한다.

이지음 미숙한 이 책이 특히 예술을 사랑하고 진리를 추구하
야 마지않는 학생 제군에게 조곰이라도 정신적 도움이 된다면
오직 지행(至幸)으로 여길 뿐이다.

서기 1945년 9월 일

돈암정(敦岩町)에서

이태환(李泰煥) 시집
『조선미(朝鮮美)』의 간행과
문학사적 의미

황규수(문학박사, 동산중 교사)
hksbjh@hanmail.net

1

'해방 이후 처음 발간된 『해방기념시집』(중앙문화협회 편, 1945. 12.)'이라는 표현은, 이제 고쳐져야 한다. 왜냐하면 광복 1개월 후인 1945년 9월에 간행된 시집으로, 이태환(1908~1974)의 『조선미』가 있기 때문이다.

이에 대해서는 과거 신문기사(「경향신문」, 1971. 9. 22.)에서 확인할 수 있다. 1971년 국립중앙도서관이 제17회 독서주간을 맞이하여 그 행사의 하나로 한국현대시집전시회를 1주일간 개최하였는데, 여기서 해방 후 최초로 나온 특이한 시집으로 이 책이 소개된 바 있다.

물론 이 시집의 어디에도 출판사명은 기재되어 있지 않으며, 그 이유에 대해서도 아직까지는 정확히 알 수 없다. 그럼에도 4×6판, 106쪽의 시집 형태를 갖추고 있는 이 책에는 옥중시(獄

中詩) 5편을 포함하여 모두 51편의 작품이 수록되어 있다. 그리고 이 시집의 끝부분에는「뒷말」이라는 2쪽짜리 글이 덧붙여져 있어, 시인의 시집 간행 동기 및 작품의 특성 등을 파악하는 데 중요한 단서를 제공해 준다.

더욱이 이「뒷말」다음에는 '李泰煥 先生 著'라는 글씨가 적혀 있어, 이 시집의 저자가 이태환임을 알 수 있게 해 준다. 이와 관련하여 국회도서관의 소장자료를 검색해 보면 이 시집의 원문 PDF파일이 탑재되어 있는데, 저자가 이태준(李泰俊)으로 잘못 기재되어 있어 이는 정정(訂正)되어야 할 것으로 판단된다.

시인 자신이 숙명여자대학교 교수로 재직할 당시 발표한「현대문예(現代文藝)와 모랄리티의 문제(問題)」[1]의 끝부분에 있는 필자 약력 소개란에도 시집『조선미』의 간행 사실이 기록되어 있다. 또한 허만하 시인이 1978년에 쓴「조그마한 지적 고고학–시집『조선미(朝鮮美)』의 저자에 대하여」라는 글[2]에서도 이 시집의 저자가 이태환이며, 그가 광복 전 한때 대구 계성학교에서 영어 교사로 재직했다는 사실을 밝혀진 바 있다.

---

[1] 백철 편,『이십세기의 문예』, 박우사, 1964; 백철 편,『현대의 문예』, 장문사, 1972, 117쪽.
[2] 허만하,『낙타는 십리 밖 물 냄새를 맡는다』, 솔, 2000, 205~214쪽.

2

앞에서 언급한 바와 같이 시인 자신이 그의 글에 기술한 약력에 따르자면, 1908년 경남 통영에서 출생한 그는, 일본구주제국대학 법문학부 문과를 졸업하고 경성제대 대학원(영문학 전공)을 수료한 후 부산수산전문대학장과 부산대학 및 동아대학 교수를 역임하고 나서 당시 숙명여자대학교 교수로 재직하고 있었음을 알 수 있다. 그런데 여기에는 그가 시집 『조선미』를 간행하기 이전의 생애가 상세하게 기록되어 있지 않아, 이 시집에 수록된 작품들을 좀 더 구체적으로 이해하는 데 큰 도움을 주지 못한다.

그래서 시인의 아들 이재석(李宰奭, 71세)이 자신의 연희동 서고에 보관해 오던 이태환의 장서 총 4,030권을 2017년 4월 25일 국립중앙도서관에 모두 기증한 후, 시인의 며느리 양경남(梁慶男, 64세)이 개설한 네이버 카페 '이태환개인문고'(cafe.naver.com/book3651)에 들어가 보면, 시인의 연보 작성과 관련된 여러 자료들이 올라와 있는 것을 볼 수 있다.

특히 그가 광복 후 부산에서 대학교수 생활을 하기 전 대략 10년 동안, 서울의 보성중학교·경신중학교와 대구의 계성중학교 및 전북의 고창중학교, 전남 목포의 문태중학교 등에서 교편을 잡았다는 사실은, 시집 『조선미』에 실린 작품들을 해석하는 데에 중요한 근거를 제시해 준다. 이 시집의 「뒷말」에서 시인은 "이지음 미숙한 이 책이 특히 예술을 사랑하고 진리를 추구하야 마지않는 학생 제군에게 조곰이라도 정신적 도움이 된다면 오직 지행(至幸)으로 여길 뿐이다."라고 하여, 그가 이 시집을 간행하게 된 것은 학생들에게 정신적 도움을 주기 위함이라고 밝히고 있는데, 이는 당시 그의 교직 체험이 이 시집 탄생의 밑바탕이 되었다는 점을 암시해 주기 때문이다.

이 시집에 수록된 시들은 우리나라의 전국 각지가 시의 공간적 배경을 이루고 있어 전반적으로 '기행시(紀行詩)'의 성격을 지니는데, 서울·대구·고창·목포 등 시인이 실제로 교편생활을 했던 삶의 공간이 중심이 되어 그의 시가 쓰였다는 점은 이를 뒷받침해 주는 것이다.

물론 그렇다고 해서 그때 그가 그곳에서의 삶의 체험을 직정적(直情的)으로 나타내기보다 오히려 자연을 대상으로 그 아름다움을 표현하는 데에 더욱 심혈을 기울였던 것은, 일제강점기로서 당시의 시대 상황과 그의 예술 사랑 때문임을 이 시집 「뒷말」의 내용을 통해 또한 짐작할 수 있다.

그는 극도로 부패했던 왜정(倭政) 시대에도 조선혼(朝鮮魂)을 지켜내고자 이를 시로써 나타내려 했는데, 정작 광복이 되어서는 질소(質素)한 생활과 고상한 사색은 사라지고 약탈과 강욕(强慾)과 기만과 모략이 팽배한 현실 상황 속에서 이를 우려하는 학생들에게 힘을 주고자 이 시집을 간행하게 되었다는 것이다.

이와 같은 맥락에서 시집 『조선미』에 수록된 시들에서 자연의 공간은 실제 사람들이 살아가는 장소에서 그리 멀리 떨어져 있지 않은 곳에 위치해 있음을 볼 수 있다. 삼청동과 정릉리, 우이동 등이 그러하다. 그가 시집의 「뒷말」에서, "이 시는 서경(敍景)에 가까운 솔직한 사실(寫實)이다."라고 언급한 점은 이와 밀집한 관련이 있다 하겠다. 그가 자연을 시의 공간으로 취하고 있지만 이에 침잠하는 은둔적 자세를 보이고 있지 않는 것은 이 때문이다.

3

「동백꽃」은 시집 『조선미』에 수록된 작품들 가운데, 이태환 시의 중요한 특성을 잘 나타내고 있어 주목된다.

윤택한 푸른 잎과/붉은 꽃을 가진 동백은/명상과 열정 - 정(靜)과 동(動)의/이대(二大) 진리를 가졌다/언제나 묵묵해/비 오

면 비 오는 대로/바람 불면 바람 부는 대로/추우면 추운 대로/
늘 정중한 그대는/뜻 있는 한학자(漢學者)의 모습과도 같다//

　그대의 열정과 인고는 거대하나니/ - 만산병엽(萬山病葉)이
떨어질 때/삼동설한에/능히 고절(苦節)을 지켰다가/봄 되어 신
생(新生)이 피여 오르면/사명을 다하고/단두대에 오르는/선각
자처럼/그대의 꽃은 목부터/툭! 하고 지상에 떨어진다

- 시「동백꽃」 전문

　이 시는 전체 2연으로 되어 있는데, 자연물(自然物)인 '동백꽃'
을 작품의 주된 소재로 취하고 있다. 이를 대상으로 그 외양(外
樣)과 함께 내면의 아름다움이 시로써 표현되어 있는 것이다.
그래서 먼저 '동백꽃'의 모습이 사실적(寫實的)으로 잘 나타나
있는 것을 볼 수 있는데, 여기서는 그것이 지니는 정신도 같이
드러내고 있는 점이 특징이다.

　'동백꽃'을 '한학자'와 '선각자'로 의인화하여 그 모습 속에 담
겨 있는 정과 동, 그리고 고절과 사명 등의 높은 정신세계를 발
견하고 이를 보여 주고 있는 것이다.

　특히 이 시 2연에서는, "단두대에 오르는/선각자처럼/그대
의 꽃은 목부터/툭! 하고 지상에 떨어진다"라고 하여, 동백꽃이

지는 모습을 선각자가 단두대에 올라 목숨을 잃는 것에 빗대어 표현하고 있어, 비장(悲壯)함뿐만 아니라 전율(戰慄)까지도 느끼게 해준다.

이처럼 이태환 시인은 자신의 시가 서경에 가까운 솔직한 사실이라고 언급한 바 있는데, 그의 시는 여기서 멈추지 않는다는 데에 묘미가 있다. 그가 시적 대상의 모습만이 아니라 그에 담겨 있는 시적 진실을 발견하고 이를 시로 표현했다는 것이다. 그런데 이는 자연물을 대상으로 한 시뿐만 아니라 그의 다른 작품들에서도 드러나는 일반적 특성이다. 좀 더 구체적으로 살펴보면 다음과 같다.

너 환상의 아들 기괴한 동물아/제패할 수 없는 그대를/비호(飛虎)라 할가 용마(龍馬)라 할가/그 무슨 신령의 율동이라 할가/또는 조화의 구현이라 할가/진정코 그대가 회화는 아닌지라//

비익(飛翼)은 날아/풍우를 부르고/사족(四足)은 공(空)을 밟아/요운(妖雲)을 이르키는 듯/ ─ 섬광은 번적이고/진동은 우렁차다//

화염을 토하는 홍구(紅口)/전광(電光)에 불타는 두 눈/목은 죽

통 같고/흉골은 투계 같고/발톱은 독수리 같고/허리는 가느나 강인하고/꼬리는 대사(大蛇) 같해/ - 모두가 황홀하다//

그대의 자의를 막아낼/아모 장벽이 없다/시간도/공간도 없다/다만 허공을/무한히 맥진(驀進)하는 그대는/영원히 승리에서 살 뿐/패복(敗伏)은 절무하다/오! 고구려 혼(魂)의/위대한 박력이여!!

- 시 「백호도(白虎圖)」 전문

이 시는 시집 『조선미』의 맨 처음에 수록된 「백호도」인데, 화자의 시선이 이동됨에 따라 시가 전개되는 것이 특징이다. 그래서 1연부터 3에서는 백호 전체의 모습부터 비익과 사족을 거쳐 홍구 · 두 눈 · 목 · 흉골 · 발톱 · 허리 · 꼬리 등에 이르기까지 세세하게 그림 그리듯이 사실적으로 표현되어 있는 것을 볼 수 있다.

그리고 4연에서는 그 모습을 통해 느끼게 되는 시인의 정서가 잘 나타나 있다. "오! 고구려 혼(魂)의/위대한 박력이여!!"라는 구절에 단적으로 잘 드러나 있는 것처럼, 고구려의 '백호도'에서 발견하게 된, 위대한 박력으로서의 혼이 표현되어 있다는 말이다.

그런데 시인이 자연과 우리의 문화유산으로부터 느끼게 되는 정서, 또는 그로부터 발견한 정신이 긍정적인 것만이 아니라는 점은, 「경회루」·「창경원」·「원지(苑池)」·「비원(祕園)」 등의 시를 통해 알 수 있게 된다. 특히 "기세당당한 때도 있었거만/이제 와서는/주인 잃은 천마같이/넋을 놓고/물 가운데 보이는/수궁을 물끄럼히 처다만 보고 있고나"(시 「경회루」 부분)라는 구절처럼, 이 시에서는 과거와 달리 기세당당함을 잃은 경회루의 모습에 대한 안타까움을 엿볼 수 있는데, 이는 일제 강점이라는 당시 시대 상황의 변화가 반영된 결과로 이해된다.

한편 시집 『조선미』에 부기(附記)된 5편의 옥중시가, 이태환 시인의 실제 옥중 체험을 시로 나타낸 것이라는 점은 앞서 허만하 시인에 의해 밝혀진 바 있다.[3] 시인의 장녀 이희복(李喜福, 80세)의 증언에 따르면 시인이 수업 시간에 우리말로 조선의 역사에 대해 강의를 해서 일본 경찰에 의해 체포된 적이 있다고 하지만, 그가 광복 전에 어떤 죄명으로 영어생활(囹圄生活)을 하게 되었는지에 대해서는 아직 구체적으로 알려져 있지 않다. 그럼에도 불구하고 시 「감방의 감상」의 "민족의 해방과 동지의 건

---

[3] 허만하, 위의 책, 208~212쪽.

투를 위하야/나는 합장하고 기원을 올린다"라는 마지막 구절을 보면, 오히려 이 같은 기원이 그로 하여금 감옥에 갇히게 하는 주된 요인으로 작용했을 것이라고 역으로 짐작해 볼 수 있다.

더욱이 이 시의 "자연은 옥창에도 그 작용을 어기지 않고/마치 백자기의 음각(陰刻)처럼/당초 등 봉황 등 문양을/우유빛(白銀) 부각(浮刻)으로 새겨 놓았다/기상은 먼동이 틀 때 창을 연다/남양초(南洋草) 냄새 나는 해풍을 호흡하고/또 참새 소리 공으로 들으면서"라는 구절에는, 자연이 감옥에서도 하는 작용이 나타나 있어 관심을 끈다. 자연의 모습과 현상, 냄새, 소리 등은 그에게 구속된 삶으로부터 벗어나 새로운 세계의 도래에 대한 바람을 가질 수 있게 해준다는 것이다.

4

이태환 시인은 자신의 시를 서경에 가까운 솔직한 사실이라고 했지만, 그가 시적 대상의 모습을 그림 그리듯 그대로 나타내는 데에 멈추지 않고 그것에 담겨 있는 시적 진실을 발견하고 이를 시로 표현했다는 점은 앞에서 언급한 바와 같다.

일제 하에서도 조선의 자연을 사랑하고 조선혼을 지키고자 한 그는 이를 시로써 나타내는 데에 진력(盡力)을 다했다. 특히 그가 실제 옥중 체험을 시로 드러낸 옥중시에서는 시인의 이와 같은 삶의 자세가 극도(極度)로 잘 형상화되어 있는 것을 볼 수 있다.

이와 같은 맥락에서 본다면, 시집 『조선미』가 지니는 가치는 '해방 후 최초로 나온 우리말 시집'이라는 표면적 의미, 그 너머에서 찾아질 수 있다. 왜냐하면 이 시집에 수록된 시들은 궁극적으로 일제 강점기 우리 민족의 해방과 동지의 건투를 위한 기원이라는, 심층적 의미를 내포하고 있기 때문이다.

특히 이 시집의 간행을 통해 시인이, 광복 직후 몹시 혼란스러웠던 당내 상황에서 국운(國運)을 우려하는 학생들에게 힘을 줄 뿐만 아니라 올바른 가치관을 심어 주고 싶은 바람을 나타내기도 한 점은, 시사(示唆)하는 바가 크다 하겠다. 광복 직후 이 시집이 출간된 지 어언 72년의 세월이 지나고 있는 현재의 시점에서도, 진정한 의미에서의 광복이 이루어진 것으로 보기는 어렵기 때문이다.

이러한 점에서 시집 『조선미』에 실린 시들이 지니고 있는 참 의미는, 통일의 그날까지 읽는 이들의 가슴속 깊이 아로새겨질 것으로 보이며, 그 시들이 획득한 시적 표현은 감동을 더해 줄 것이다. 그리고 아직 밝혀지지 않은 그의 삶의 행적과 문학적

실체가 더욱 드러난다면, 그의 생애와 작품에 대한 이해는 보다
온전히 이루어질 수 있을 것으로 판단된다.

이태환 연보

1908년 2월 5일 경남 통영군 통영읍 북신리에서
부친 이병호(李秉昊)와 모친 박두선(朴斗善)의 사이에서 태어남.

1924년 경성 보성고등보통학교에 입학함.

1929년 보성전문학교 상과(商科)에 입학함.

1932년 3년 수학 후 보성전문학교 상과를 졸업. 일본으로 건너가
구주제국대학(九州帝國大學) 법문학부 법과에 입학함.
공법(公法) 및 정치학 전공.

1933년 법문학부 법과에서 법문학부 문과로 전과(轉科)함.

1935년 구주제국대학에서 문학사(영문학 전공) 학위를 받음.
귀국하여 경성제국대학 영문학과 대학원에 입학함. 지도교수는
사토 기요시(佐藤淸)이며, 19세기 영미시를 연구하였음.

1936년 서울 보성중학교에서 교편을 잡음.

1937년 대구 계성중학교 영어 교사로 재직 중 동향 출신의
경성사범대 졸업생 노두이(盧斗伊)와 12월에 결혼.

1941년 전북 고창의 고창중학교에서 7월부터 다음 해 4월까지
한 학기 동안 교편을 잡음.

1942년 전남 목포의 문태중학교에서 교장 대리로 재직.

1944년 8월부터 서울 경신중학교 교두로 재직함. 그해 겨울에 체포됨.

1945년 8개월 넘는 옥고를 치르고 조국이 해방을 맞자 출소.
피투성이로 거동을 할 수 없어 리어카로 실어 날랐다고 전해짐.
수감 중 원고를 맡겨 두었던 지인이 인쇄한 《조선미》 시집을 들고
집으로 찾아옴. 잠시 미 군정청 재무국에서 근무하였으며,
12월 부산수산전문대학이 문을 열자 교수로 취임함.

1946년 부산수산전문대학장으로 일하면서 당시 창설을 준비하는
국립부산대학교 교수도 겸직함.

1948년 부산 동아대학교 교수 및 문리학부장, 학장 대리로 일함.

1950년 서울로 올라와 단국대, 서울상과대 강사로 일하던 중
12월 목포 세관장으로 임명됨. 부산에 아내와 자녀를 두고
하숙생으로 생활하였다고 전해짐.

1953년 2월 외무부 이사관(理事官)으로 승진 및 정보국장으로 발령.
10월 총영사로 대기발령이 난 후 사임.

1958년 10월부터 숙명여대 영문학과 교수 및 인문학부장으로 재직함.

1964년 교수직에서 물러나 야인 생활을 시작함. 1967년까지는 부산대,
한국외국어대, 한양대, 숭실대 등에서 영어 및 영문학 강사로 활동.

1968년 4월 9일 아내 노두이가 세상을 떠남.

1974년 한 달 넘게 식사를 하지 못하고 토하는 증세가 이어지다
67세의 나이로 2월 11일 세상을 떠남.

─이태환 시집─

조선미

朝鮮美

詩集 朝鮮美 (次例)

白　虎　圖

너 幻想의아들　奇怪한動物아

制覇할수업는　그대를

飛虎라할가　龍馬라할가

그　무슨神靈의　律動이라할가

또는　造化의　具現이라할가

眞正코　그대가　繪畵는안인지라

飛翼은　나러

風雨를　부르고

四足은　空을밟아

妖雲을 이르키는 듯

── 閃光은 번쩍이고

震動은 우렁차다

火焰을 吐하는 紅口

電光에 불타는 두눈

목은 竹筒갓고

胸骨은 鬪鷄갓고

발톱은 독수리갓고

허리는 가느나 强靱하고

꼬리는 大蛇갓해

── 모도가 恍惚하다

그대의 恣意를 막아낼

아모 障壁이 업다

時間도

空間도 업다

다맛 虛空을

無限히 驀進하는 그대는

永遠히 勝利에서 살뿐

敗伏은 絶無하다

오! 高句麗魂의

偉大한 迫力이여!!

石 窟 奄 (十一面觀世音菩薩)

곱게 피여오른 蓮花盤을

살푼더딘 玉步우에

雅尊히 서있는 姿勢 ——

優美한 佛冠을 얻고

富裕한 귀와 이마우에

초생달 같은 눈섭밑에

慈眼은 떤듯 감은듯

높도 낮도 않코

길이 알맞은코

웃는듯 다문잎술

豐潤한 容貌

두릇하게 돌린턱

柔順한 목

溫容한 앞가슴

가만히 펴고만진 바른팔

穩然히 꿈어 갖인 왼손

목에 두른이들 念珠줄

억개를 둘너

홀녀돈 몇개의 仿佛線

매암이 나래갗이 넓은天衣

가슴과 등에서

分銅같이 몽창이 나린線을

한치나 대인듯

곳는 옷자락

─── 너무도 律動的이다

淨土에셔 아리는

聖藥의 소리가 穩密히 돌린다

流麗하고도 纖細한 感覺이여!!

溫雅하고도 靜謐한 信仰이여!!

釋迦의 國土에서

「오아시스」 찾어

大陸을 거처온 幻想이

幽玄한　石窟奄안에　具現되여

千年도　하로같이

端正히　쉬이는

이들　十一面　觀世音菩薩ㅣ

慈愛의化身이　역기둘너서있다

高麗의 마음 (高麗滋器의 白雲白鶴圖를보고)

구름우에 구름이 피여오르고

구름밑에 구름이 떠가는

맑고 고요한 高麗의 하늘 —

높고 높은 秋旻아래

기ー니 휫 바람하고

멀리 멀리 날녀가는

孤鶴이 보인다

群鶴과 雙鶴도 高貴한것이나

單鶴은 더욱 高尙하다

너무도 淸雅한 靈鶴아

그좋은 江山 ─

峯巒老樹져

綿繡幽谷을돌아

萬舟紅葉을 실고

斷岩絶壁에서

碧流飛瀑이 허터지는

深山寺刹이 그리워

차저가는 길인가 ─

그대의 視野는

宏大하고 高遠하다

白雲과 白鶴을 讚美하야

꿈에도 잇지 못하던

高麗의사람 ——

生覺곳히

雅操한 가진좋흔 文樣을

注瓶에 그러노코

이다지

愛賞하며 陶醉하다가

自我까지 일흔

너무나 寬容性의

지나친 高麗의마음
——

—— 雅麗한 翡色만이

釉藥깁히 잠기여

산듯 浮動할뿐이다

慶會樓

四十八個 石柱우에
鄭重히 앉아있는 三十八間다락
——
迫力이 가득이신
大院君의 거룩한 容姿인듯하다

漢陽朝建築의
代表的傑作이여
儒敎藝術의 結晶이여
周易의 象徵이여
漢學者宰相의
豊富한얼골 모습이여
한때는 그대활개(羽)밑에
百官이 燕集하야

氣勢堂々한때도 있었거만

이제와서는

主人잃은　天馬같이

넋을　노코

물가온데　보이는

水宮을　물구럼이　처다만보고있고나

내祈願하나니

明朗한이봄이　오쯔〳〵열번오는

五月에는

蓮花가淨淸하고

虎龍이　相搏하며

舞鳳과　瑞獸가

날고뛰는 그대의 새衣裳아래

아마도 그대를 이우는

新官이 到臨하야

祝杯들고

金髮美人과 握手하는것을보리라

昌　慶　園

古色이　흐린
宮壇　우에
蒼鼠가기고
칠갈래　늘어진古柳는
春困에
불어오는　微風도
여기지못하는　心思 ———
鐵網아래　떨어뜨린　열새를
마지못해　줍고있는
異國鳥「에뮤—」의　鄕愁는可憐하다
뜻없는　觀客들은

……(1 4)……

右往　左往하며

꽃을보고　꽃을밟아

貴重한　봄하로를　질기고있다

苑　池

幽邃한　溪谷과

欝蒼한　新綠과

明媚한　湖畔사이에

靜謐히괴인　이 苑池 ——

歷史가길어

永々自然의　湖水가되였고나

거울깕은　湖面의

넓은　波紋밋헤는

멀리　碧天이보이고

방실〜　나붓기는　水蓮花는

어린佳人의

웃는얼골보다 아름답다

小魚群은

구룸사이로 한가에 꼬리처단이고

燕子는 昆虫을찾아

中空에서 自由롭게 날르있다

못노니

피꼬리 울어나리는 五月銀林사이에

쉬어가는 閒客들아

돌 노음〜과

심운나무 하나〜때

與民同樂의

純宗御旨가있음을 아〜어그몇々친가

秘 園

옛主人은 이미 冥界에 가고없는데

微黔이 두러운 空樓에는

秋葉만이 날녀돌고있다

樹林사이서 우논鳴禽은

누구를위한 슬픔인고

흐르는 溪流까지 목메인소리이다

嗚呼라!

富貴榮華는 한때의꿈

뾰족한 가지끝에는

白雲만 곳없이 떠가고있다

平　壤　（牡丹峯）

綠衣에싸인　牡丹峯 ──

珊瑚같은

浮壁樓　乙密台　永明寺 ┈┈┈

그림같은　江山아

傳說은

꿈같이　소리과없고

옛도　이젠듯

大同江淸流는　無心히흐른다

沈壁을실고

오 ──　睡蓮같은佳人아

靜影보다　고요해

疲勞서　歡喜도　몰으난　牡丹峯!

花　園 （大邱）

岸彫은　고요한데

江水가　구비〜 흐르는　花園

沙工은　열네를집허

나루배를　건너주고

客은　栗林사이로로　제내

제제금　村家로돌아간다

나는어느한　酒幕에서

잉어회와　붕어곰배

마시지못하는

한잔술을　든　經驗이 있다

東　村　(大邱)

설익은　林檎이

잎사이로　알른/\

보이는　東村

──

江水는　잠기이고　또흘너

佳人은　日傘밑에

노를　젓고

浪人은　그물을던저

川獵을　한다

때는　거룩한　夕陽이였다

나는　巨大한　堤坊을걸었다

넓은　하늘밑에

오직 홀노 걸었다

不意에

轟聲은 맑근 空中을 깨트렸다

드디어

나의 淨心도 사라지고

것든 方向을돌려

고개들어 飛機를보았다

高敞城

허무러진　築城에

이끼앉아　（끼여）

古色이푸른　高敞城

──

　진달래　꽃밭애

　나븨날고

　　새울고

　꿩이진다

春色이胎湯한　봄날이면

나는　으레히

松林사이로　걸어본다

銀鈴을　굴리　내는

피꼬리　소리는　귀에　아름답고

潤澤한　新綠빛흔

눈에　아름다웠다

밤이면　唯獨달밤엔

포구나무에

소짝새　채수리우는　高徹域 ——

이미　내며난지　오래여지만

녕서　이즐수없는　小樂園이　되였다

釜山港

———

비나리 灰色에싸인 釜山港

汽笛 우는곳에

黑煙이 오르고

馬釘의 소리 充甚한 舖道上에는

乞群의 발길이 빠르다

港口의 구진물 우에는

나무접지가 떠있고

떡두러쓴 人夫들은

기름筒을 굴니고있다

南海岸定期船 기다리는 乘客들은

비에섞어 列을저었다

어마에는　不率의　線이있고

얼골에는　生의　倦怠가　엿보있다

「이것이　大東亞戰의

意味심장한　맛이를고나」

列中의　한사람이

큰소리로　이같이　야유하였다

灰色에싸인　釜山港

──
비나려

　배도　집도

　섬도　산도

　바다도　하날도

　다—　灰色이였다

　汽笛　나는곳에

　黑煙어　오르고

馬釘의소리　充甚한舖道上에는

乞群의발길이　빨랐다

　　海　雲　台

잔디　풀우에

대안인데

봄날같은　햇ㅅ살이　퍼지고

疏林사이에서

물세가우는　海雲台

───

그먼　赤道서　굴너오는　물결이

바로닷는

五六島　波濤聲은　우렁차다

바다의 熱情家 白鷗는

오날도 역시(亦是)

蒼海를 질겨날고

南으로 水平線저쪽에

아득이 浮沈하는 섬은보아나니

── 이는

그옛날 新羅의 子孫이

또하나 發展을 求하야

쉬이가든 두섬이란다

儒達山 (木浦)

그저 흥시러운 石塊를

無雜하재 싸올리된山 ──

그 옛날 混沌期에

落雷를떠러트린 혼적인가

或은 地下에서 吐해낸

보기시른 分泌物의 結晶인가

또는 避하여가던 魔王이

黃海岸 海岩을

함부로 주섬〈 주서노코

一夜를 쉬이간 陣地의 혼적인가

그조흔 金剛山

─

칼날인가 곳어름인가

웃빗주빗한 諸峯이며

造化翁이 이世上 가진模型을

萬物相에 만들어노코

日本海 거처가는길에

神釜의 妙다하야 記念으로

각가세운 自然碑 ——

　　　　　叢石亭온

닮지도　안하엿다

있을곳에　있을것이없어

어색한山 ——

숲도　시내도없어

文字그대로　荒山이다

이밀에　케딱지같이　엎드린

市街에　사는사람도　저와갈다

이고을　道德은　拜金主義다

——　눈에는　毒氣가서고

　가슴에는　凶心을　품고

마치 釜山港처름

손에는 利權의 길키를 가진

말과 마음이 맛치안는 사람이

담이모아 산다한다

그래도

바라보면

해질때 十里저쪽서

日暮色 —— 紫煙에 싸여

八月十五夜 둥군달이뜨면

泰山의 雄姿 새롭고

榮山江 쉰길아래

月出山과 相呼應하눈 정답고

錦風에 배떠우고

달우에 낙시당구면

멀니서 들리오는 소리

「强羌水越來」는

先人의 智媒하신 戰術을

또한번 回想케한다

統營港

統營은 아름다운 港口——

바다냐 湖水냐

水面이 거울같애

하늘에 뜬 白雲이

그밑에 또하나

젓구로 보인다

——

閑山섬도 南望山도

洗兵舘도 共珠島도

이는

꿈많은海女들 잠자리얘

흔이 明滅하는

水晶宮인가 蜃氣樓일가

紫紅旗 靑黃旗는

海風에 날고

魚艙배 긴긴짐대우엔

갈매기들이 돌아날고있다

조개껍지가 밟이는

統營거리에는

장바구니 든 女人네들이

어색한 方言을하며 지내간다

이港口 洞里〳에는

골일흠이 만코

끌々에는 古談을 잘도하는

늙은이들이 살아있다

밤이면

곳보다 아름다운傳說이 무르녹는다더라

三 千 浦

平和에싸인 三千浦──

부드러운 보리밭에

부드러운 海風이　고요히 불어오고

鴻雁이나는　바다에는

開眼한 白帆이　한가히며간다

몰결은　沙場에　살아져

白花를　짓고

小蝦는　바위틈에

가벼히　어리만지고있다

머지안는　곳에

우묵한 松林이　나를불너

지름을　것는데 ——

있다곰우는　山새소리

귀에　아틈답고

蒼穹은　저가처　넓고맑아

麗 水

노없이 떠가는 白雲은
언재나 自由로웠다

麗水港 돌어가니

해는 西山에 빠지고

납철빛바다 우헤는

아직 白鷗가 비겨날고 있었다

制南舘 웃山에
………
껌어들어

海岸線 「노다지」에는

紫紅의 魔燈이 큰눈을 떳다

우리들은

埠頭에 첫ㅅ두를 노처

門밖에 꼬막껍지가 밟히는

어느한 旅宿을 들게되였다

北漢山

저―저기 보이는山이 北漢이란다

그 이마우에 물직히 큰冠雲表에 웃고

紫灰色 二十一年前그대로 歷然히다

이즐소냐 그希望

아― 變할소냐 그뜻

漢　江　(南山頂에서)

자는듯　흐르는듯

기ㅡㄴ　靑羅를　편　漢江水

오는듯　가는듯

저기　白帆이　떠있고

沙漠같은　白沙場에는

조개줏는　女人네가　아득히　보인다

五月薰風은　불어서

新綠끝에　小曲을아뢰는데

어때　中空에　一葉되여

江하는　山비닭이는

그무슨　傳說의씨를　물고가는꼬!

千年도 하로같이
漢江은 저대로 흘너가더라

夕　雨　（三淸洞）

長菊花 핀
앞집울 넘어 처마끝에
참새들이 搔亂히 저저귄다

바위에 바위언저 山이된北嶽 우에
시컴어케 무더있던
구름이 또 구름을 낫고있다

어데서 왜파리 한마리
저쪽 翠雲松山으로 날너가자

오ㅡㄴ 世上이 캄々한 비맛이다

우리집 담장우에

호박잎이 뚝 뚜두둑 ......

개천냄새가 물큰〳 떠오른다

아이차

앗가 三淸溪로 빨내가던

그이가 누구집 아가씨던가

아마 그맘도

발서 비물이 저젓겠다

三淸山月

이제막 丹裝을 끗낸 美姬가

아름다운 맵씨를

가만히 거울에 빛어 보듯

昌慶宮 저쪽서

華雲松山 우로

붉은 달이

그어엽분 얼골을 엿보이기 始作한다

마치 未知의深淵서

눈에 보이지안는 巨大한聖의 힘이

숙달아 올린듯

中天에 떠있는 그대를 形容하야

름없이칠한 碧色畵布에

至上의 妙手가

다맛 둥구렇게 繡노은 金匏라할가

먼저　北岳山頂을

다음에　鉛色액싸인　三淸谷을

神秘한　銀光으로

물드려주는　그대는

밤아　지터갈수록

룡女에있는　가지각색을

듯고　볼수있으리라 ——

　

부나비　같은맘세

沈鬱한　朝鮮靑年의

드나드는

街路의골목　茶店에서

일부러　哀傷을석거

異國歌手가

떨어 올리는 목소리면 ……………

高潔한 百合도

濃艶한 牡丹도

淨潔한 蓮花도

妖艶한 薔薇도

香그러운 御園사이로

가만〳 宅步하는 素服宮女의

차디찬 白顏도 볼수있으리라

똑있때

몸만저고 亡命한 志士들이

畫間이면 隱身하였다가

밤되면 萬國公園에나와

失望과希望이 번가는맘속에

저달을 보고

祖國의 首都ㅣ 漢陽을오직이나 그리워할가

新羅國 捕虜가된

樂聖于勒이가

孤寂한 懷抱끝에

뜨거운鄕愁를 이기지못하야

異國의 어느한 江가에서

伽耶琴에 몸을실어

어한曲을 타던때도 저러한달밤이던가

倭羌이

이때나올가 저때나올가

南海岸 우렁찬波濤聲 들으면서

요기 저기 航海하시며

근심쪽에 索敵하시던 公이

보신달도

아마 저달이겠지!

나는어린童子들 처름

두팔을 벌리고

그대를 안으라다가

다시靑松枝로 새ー오는慈光에 씨어여

沈思默考하는 三國佛처름

팔은 턱을짜고 다리는 다리에언저

三渭谷祭石우에 앉아있노라

바위름에서

太初부터 흘녀나리는

이甘泉의 소리를 듯고있으니

——————

왼일인가

그옛날　白民의　靈壽道人이

修道淨心하던　光景이

눈앞헤　삼々거리는것갓다

山도　들도　바다도　江도

거리의　茶店도　宮中도

異域都市의　亡命客에게도

다가치　빛어주는　그대는

過去　幾萬年부터

未來　幾億年까지

저대로　오고가리라

登　校　(겨울

마른닢 하나남지안이한　枯枝에도

아침마다　짹々이는　까치소리는

언재나　明朗하다

나는　된장국과　동김치에

아침을먹고　學校로　나서면

白霧를　헤치고　오르는太陽이

마치

흰조시안에싸인　노랑조시빛이다

溪川에는　눈며기前부러

어린兒孩들이　모여

쏠매를타고 팽이를 돌리며

동태가치 어러붙른 길바닥에는

뗑뿌리처름 四肢를 디궁군다

老牛가 껏구로 잡바저

景福宮 廣路에 일으면

宮壇에어리인 해빛흔 붉어도

하눌은 靑玉가치 푸르고

空氣는 水晶가치 透明하여진다

송곳웃가치 銳利한 서울취위ㅡ

뺨에 닥치는 寒波〜가

피부를짝애고 귀를채질하고

손발은 마비가되여

가진　冊褓도　떠세고　싶혼맘이다

이욱고　피가돌아

全身이　멋듯하여지면

中學洞서　電車를　타게되고

제各其　防寒服裝은　하였으데

乘客들이

취운얼굴을하고　있는것을본다

酷　暑

나진古家의　기와장우로

電車〉〉가　달리는舖裝路우로

山허리와　白土우로

빈틈없이 캉々나리 쪼이는 太陽 ——

눈알이 뜨거울만케

膨脹한 夏空에는

黃瑠璃빛갈흔 炎波〜〜가

두굴〜〜 궁구러

長安의 正午가 一大熔鑛爐갓다

●火熱에 壓倒된 群衆은

숨도올케 쉬지못하고

꽛죽갈흔 땀만 흘리고있다

草花까쩡 시들고

燕子까지 暑氣를避하야

그늘을 찻는

長安의 여름空中은

나 그 네 길

煉獄의 그것을 想像케한다

碧空에 떠 흰구름 저러케아득할가!

갈길이 멀어

十里벌 들판이다

稻香이 馥郁한

가다가 서니

「배초밭헤 쉬드는 호박꽃

돌담넘어 입벌린 石榴알」

이꼿은 約半時間前에

내가 지내온

村洞里의 가을情景이다

벼이삭을 지고오는

村저애비에게 갈곳을 물으니

손을 가르쳐

「저ー저기 구름피여 오르는

첩첩 山中이라오」 하였다

「거기도 집있어 사람산다오」

오ー 갈길이 하도漠然해

홀노젓는 나그내길 서러워라

곽더우메
庵 子 길

法雲이　피여오르난　庵子길 ─

가다가　苔石우에　앉아시니

洞口에　나리오던　女僧이

合掌하고　人事를한다

우서　答禮하고

또다시　오르니

것는　樹陰사이는

禪師의　梵香이　흐르고

泰山의攝理　洽足히가진

藥草가　요기저기　욱어있다

斷岩사이서

苦水흘너　甘泉이괴여고

靑松을 헤쳐

손으로 웅켜마시니

두할개는 날나

맘은 저쪽하늘에 오르듯하였다

山 재

옛날 營門時代

三人六角 잡히고

三道統制使 쉬이가던

곳이 엿만

七年前 山밑으로

新作路가 된後

이재에는 하로에

생강장수 하나보기어렵다

城隍堂 결

여운나무카지에서

일홈몰으난　山새가

소리를　빵울〱　떠러트리곤

먼녹두밭으로　날너간다

때일온　百日紅　밑에는

烈女閣이　썩어있고

울릉　불릉　무덤우는

피기꼿만　너울거린다

初가을　夕陽

山그늘에　어리인　이때

등짐쟁이　홀아범　하나

단지밥을 지으려고 煙氣불을 올린다

寂寥

牧童과樵夫만 오르나리는 山道

山그늘이 어리인 어대

松風이 거칠고

임재없는 울틍 불룽 무덤우는

피기꽃만 너울〳

피기꽃만 너울〳

오날도 난데없이

「가노라」 소리가

멋드러지재 돌려온다

오ㅡㄴ 山에 엎드린 亡靈外에는

누구하나 묻어 줄사람 없는데

凶 死

狂風이 불어

山川草木이 울석거린다

검은 구름이 핑수달아난다

흰달이 얄구진눈으로 넘어 본다

마른 하날이울고

번개가 번적〈 한다

海岩에는 설레이는 波濤가

한부로 부덕치고있었다

이때 원일인가

山넘어 碑閣결에서

목을놓코우는 새파란 각씨의

피상한 우름소리가 들리여왔다

이밤을지낸 아침날

바위가 승시러와

나는새 조차

나래를 操心한다는 구리꽃이란 곳에서

엇던荒唐한 끼기재버께

女人네의 집신짝과 허리떠를

얻어온 所聞이 돌리왔다

어 ― 하 능 (哀 歌)

검은 아까시아가

검은 그늘우에

흰꽃을 떠러트린 新作路료

흰옷입은 村장군이

오고 가고 한다

五月이 한창인 오날도

개전녀 들리오는 소리 ------ 는

기一ㄴ 나그내 떠나는 娑婆의서름인가

어하능 어하리능차 어하一능

어하능 어학리능차 어하一능

어하능 어하리능차 어하一능

旅　愁

旅窓에　별빛　어리인　이한밤

우수수　바람조차　불어

문풍저　설레이는　房

旅勞가　哀愁롭고나

을케눕고　모로눕고

가로눕고　치누어도

잠못드는　이밤이

새이지기만　기다리노라

浮萍草갈은　旅路

明日이　되면 ―

梧　堂　(孤想)

또 그 어데도

떠가는 구름이 되랴느냐?

오― 孤獨한 旅情어여!!

별

별은 밤하늘에

피는 蒼白한 꽃

빛은 있어도

반디 불가치 차다 (冷)

白魚의 脈搏처름 娟麗해

銀실을 주었다 댕겼다

찬눈이 떠아

깜박~ 하는 별

그러나

별은 追憶을

자아내는 슬픈 열쇠다

내 혼이 밤길을 걸을때면

문득

山우에 빗나는 별을 보고

주첨 발을 멈추어

어린이의 亡靈처름

맘은

안이보이는 먼나라로 차저단인다

明　朗

내 일곱되든 어느봄 아츰날

말방울을 달고

발끝으로 쫏아

새만히 우는

우리집 뒷山에 올나서니

하늘은 푸르고

돗배는 휘더라

아때 보리밭헤 기는

푸른 꽁한마리 보고

말방울을 더젓더니

꽁은 안이맛고

나내물 후닥닥 털며 날녀갔다

나는손벽을 치고

풀내나는 잎울밭을 달아나며

「아이갸— 펑바다!

펑이난다 펑이난다」

소리를 질넛다

小　景

맑은 시내물 고여

小魚群 모아놓고

실버들 늘어서

七色麗禽이 차자들고

並木이선 村길과 村길을

이어주는 좁은 다리가 노인곳에

무거운 다리를 쉬이간적이있다

다시가면서 이러케 生覺하였다

손발을 담군다음

땀을 씻고

가을밤 푸른달이 中天에떠며

이洞里 느틔나무 우에

부엉이 울고

저ー 먼山 바위굴에 여호소리 날때

아마도 내쉬인 이자리에는

좀그러운

돌菊花를 밟고온 어린노루들아

저물을 배부르게 먹을게다

初 봄 아 침

오갈피 나무가지 우에

참새모아 우지짓고

꿍쾡!

堂에 굿소리 안이 나것만

두쭉나무 그늘 밑헤

달팽이 춤추는 아침

노고지리 譜表그리며

中天에 오르자

山넘어 오든 微風이

보리밭을 쓰담어가다가

아지랭이 새로 살아저버리는 아침

山谷에 웅킨 꾀꼬리

봄기다리는 맘 焦燥한데

눈녹아 시내소리나는

어느한 바위돌 우에

어머 와

해오리 다리돌고 조는아침

탕근쓴 村늙은이

눈부비며 東窓열고 나서

담배물고

외양간 소 고치매는 아침

大地에는 豊神어

들에서 자다가 선잠을 깨고

天神은 구룸밑에 나려와

開暇히 감돌고 있는

참으로

平和와 幸福이 넘치는 아침

五 月

五月은

「구로ー뿌」 풀밭에

봉수거리는 빌소리 더욱키지고

牡丹꽃 芍藥꽃 우에

범나비 춤추는 時節이다

五月은

空山에 閑古鳥 울고

靑草牧野에

가벼운 거름을것는 사슴이

맑은물가에 와서

良順한 自己모습을

빛어 보는 時節이다

五月空中은

푸른 꿩알처럼 透明하고

부드러운 薰風이

불어가고 불어오는 時節

池塘에 睡蓮花가

방싯〈 웃는 時節

綠陰사이에서

朝鮮의 아가씨들이

그네뛰길 조하하는 時節이다

牧童은 坊뚝에 안자

피리를 맨들고

黃牛는

蒼穹을 우러러

「엄마」를 부르는 時節이다

五月은

牧神과 花神이

이 大地에

그가진바 美의 刺繡를

훌쩍 짜내여 보는

참조흔 時節이다

참 조 흔 景 이 다

五月薰風은

봄벌사이로 불어와

물네방아소력

귀에 아득하고

까시덤풀서 파랑새가난다

白水는 山谷을 돌아

흰돌우로 흘너가고

나는 섯든발을 멈추어

숲사이 먼하늘 발아보며

「아ー참조흔 景어다」 感嘆하였다

仙 境　貞陵里

솔푸리 밟고밟아

아리랑 고개 을나서면

이원 일인가

참조흔景은 展開되나니

그옛날

호젓한　高麗時代

孫家　車哥가　살던仙境이란다

山조코　물조코

돌도조코　숩도조킨에와

꽃도조코　亭子조차조흔

이溪谷을　돌고돌아　오르면

보이는　때―ㄴ　山城

바늘귀갈은　새파란城門을　넘어

北漢가는길이　있단다

悠遠한　碧空아레

聖　境　牛耳洞

北漢山頌 ── 白雲台는 崇高한

그 芙蓉峯을 둘어

가만히 四野를굽어보고

南北으로 길게

壯嚴한 할개(山脈)를 페여

燦爛한 가을옷을 입었다

小野도있고

小山도있고

小谷과 小川도있고

疏林이 있는 곳에

洞里가있어

가을하늘에

打穀機소리가 들리오는 牛耳洞

젓는 新作路 가에는

漆粟이 瞑想을하고

淸楚한 山菊은

물가에 하늘가애 좀그러이웃고

새우는 松林사이는

樵女들이 송이를줍고

다람지는

꿀밤을물고 나무를란다

嵯峨한 山嶽이

巨大한 屏風을들녀

廣範한 平野가된 牛耳盆地는

이제 幽玄한 가을夕陽에 싸이었다

나는 大愚와같이 悠長한 거름을절으며

永久히　聖愛에　抱攝되여버렸다

이때불어

牛耳洞은　잊을수없는

나의　聖境이되였다

아름다운自然

層岩틈㕦에　푸른倭童松

사이〈　움웃붉웃　진달내

이山　저山에

벅국이소리　낭자하고

요기　저기

靑席을편　麥田

가을되면

밧두렁에 손짓하는 새꽃

오적 이것만이엇지

朝鮮의 아름다운 自然이겟습니까

山밑에 숲욱어진 곳

竹林돌아 울되니

그안에 누어있는 草家

처마끝에 또하나 제비집

집웅우에 웃는 흰박꽃

가을되면

中天에 붉은 감

달밤엔 부엉새

오직 이것만이엇지

朝鮮의 아름다운 自然이겠습니가

山밑에 숲욱어진 洞口머리

샘솟아 시내되니

그늘 깊은곳에

小川魚 모아놀고

방뚝엔 풀뜯는 둥굴소

밤되면 반디불

가을되면

좀그리운 돌菊花

오직 이것만이엇지

朝鮮의 아름다운 自然이겠습니까

풀거리에

녹두낯쳐 튀고 보리대가 랄듯

하늘밑을 나리쪼이는 뜰판에는

나날이 살쩌는 나락모

있다금 꾸불둥하고 나리는 황새

가을뙤면

稻畓에 모아드는 참새떼

뽐내는 허수애비

오직 이것만이엇지

朝鮮의 아름다운 自然이겟습니까

바다로가리라

나는 港口의 아들
바다로 가리라

룩티인 水平線
부더치는 波濤聲
오고가는 白帆
한가한 낙시질
이는나의 心核에 어린
憧憬의 구슬이어든

나는 港口의 아들
바다로 가리라
배길에나는 數千의 갈매기

展開되는　海岸의　奇岩怪石

海草사이로　雙々이　도는　魚群

고기잡이의　왁작한　歡喜聲

이도나의　心核에어린

憧憬의　구슬이　어든

나는　港口의　아들

　　　　바다로　가리라

只尺을막는　흰안개

난데없이　이는　狂風

바다의　냄새　또　그물빛

밤하늘에　돌아오는　群星

이또한　나의　心核에어린

憧憬의 구슬이어든

나는 港口의 아들

바다로 가리라

물밑에 보이는 白沙場

조개줏는 海女들

港口에 오르는 첫발길

先人에 올리는 敬拜

이도또한 나의 心核에어린

憧憬의 구슬이어든

閑山島

그 먼 南洋서

椰子樹 젓처오는　바람이

바로　香그러운　閑山섬

───

松山에는　白鶴이　날고

덤풀에서　꿩이울고간다

오날이　七月八日

制勝堂　숲사이에

우는　맴이소리

唯獨　처량하고

低徊하는　사람의맘은

더욱　거욱해진다

저젓이　解甲島어니

喊聲이　震動코

煙火充天할때

千萬 아우성

살아진곳 그어데메냐?

海岸線 露石에는

痛快와 怨恨은 자최가없으되

오고 또오는 물결이희여

千古의 자장가소리 끊어지지않고

푸른 海草林사이는

무심한 소라

오날도 고히잠자고 있으리라

同 志 여

銀杏나무는

洞里 집집에두어

높은가지 끝에

瑞禽익와 웁니다

檜山에는

아침불어

天風이 감돌고있오

同志여 오시요

우리집 士廊房에는

經響도 있고

静蘭과 節竹의　名畵도있오

明日의 設計는

이곳에서　密議합시다

高麗柳　늘어선　진가지에

虹羽鳴鳥가　나는

江가로돌아　올가요

梅實酒가있오

안주는

生蔘濟을　하오리까

감々한　漆夜입니다.

뽕밭에　빗방울이　떠러지군요

덥거든　同志여

登窓을 여러도 좋소

抽子나무 울밑에가서

派守를 보오리다

要談을 하시지요

「피라」는 미리 찍어두었오

乾燥한 火藥은

항아리에 너어

언제나 暗室에 감추어있오

同志여

우리의 標語는 오직 하나뿐

「小我버리고 大我전짐이였오」

罵詈도 恥辱도

餓死도 閑却도

우리의 信義와 節槪를 뺴앗지 못하엿오

旗幟을 높이들어 오즈

明日을 實現합시다

死와生은 우리의 알바가않임니다

冬栢 꽃

潤澤한 푸른닢과

붉은꽃을가진 冬栢은

瞑想과 熱情 ──── 靜과 動의

二大眞理를 가졌다

언제나 默々해

비 오면　비 오는대로

바람불면　바람부는대로

치우면　치운데로

늘鄭重한　그대는

뜻있는　漢學者의　모습과도갔다

─

그대의　熱情과忍苦는　巨大하나니

萬山病葉이　떨어질때

三冬雪寒에

能히苦節을　직혓다가

봄퍼여　新生어피여오르면

使命을　다하고

斷頭台에　오르는

先覺者처름 모두

그대의꼿은 목불어

룩!하고 地上에 떨어진다

佛　像

慈愛의　모습이여

嚴蕭한　信仰이여

淨必의　具現이여

不動의　精神이여

荊冠

忍苦의　象徵이여

犧牲의　極端이여

死生의　超越이여

偉大한　信念이여

먼 東은 튼다

東은　튼다―

건너편　마을서

힘차게　새벽을　告하는

닭의 뒤 소리가

아슴프레 들리온다

기ㄴ밤 가이없은 바다

水平線 한기슭에

빛나던 眞珠별 살아지는곳

薔薇빛瑞光은 빛인다

그대 光明의先驅者 山이여

눈을가리고 멀리손짓하야

봄을傳하는 맞바람불녀

꿈꾸는이땅에 喇叭울을리라

居無何에

百鬼의 怒炎갈이

宙의 主宰者— 太陽은

全身이 불타며 登天하리라

깊은밤 바다를 단숨에 마시고

東하늘 가로막는 魔雲을

쏜살같이 捕捉하야

꽂보다 붉게 물드려 주리라

附記一 大邱驛

大邱驛 나리니

後半夜 두時半

짗는 廣路에는

寒月이 깔녀 눈빛갈어 희고

憲兵은 앞서

나는 그머리를 밟고갔다

奇懼한 運命이다

八年前 오날밤

玄校長과 여러同類의 祝杯받고

저달빛 이길우에

너와 내 비단에 싸이여

雙나븨처름 寶步하였거만

이제倭人의 捕虜가되다니

그무슨 야유냐

어미 相距七百七拾余里

배 原因을 알리라는바 안인지라

비노니

님이여 이한밤 서울방은

오직히나 치우랴

過히 傷心마시고

어린것들에

새 이불아나 깔고 덥허주소

附記二 留置場 한 밤

피끓는 嶺南兒들

야안에 앉아

그무슨 실오락이같은

希望의 懸談인고

（監視人의 잠든 틈을타서）

겨울밤 하누바람에 놀래짓는

개소리 귀에 처량하고

獄窓에도 달빛은고여

함부로 부더치는 汚葉聲은

봄비소리보다 서글프다

附記三　留置場

깍근　格子를　드문〉세워

앞窓이라고　만들고

獄門은　鈍重하야

中世紀의　城門같고

자물쇠는 ᄒᆞᆫ굿이잠기여

쇠ㅅ등이 ᄒᆞᆫ그대로 물직하다

用便所는 바로안에있어

惡臭가 沈鬱한房이다
大端하고

光이없어

———

　　　가장濕하고　가장暑하고

　　가장冷하고　가장무츄한곳이다

　　몬지는 흔솔들집　이상어고

　　毒虫은 年中으로 성그려

　　서울어느 향랑방보다 甚하고
不

毛布는 大闕 흔門결에

　　隱身하는 乞人의그것에 比喩할수있다

留置人은　반드시　惡人만이안여다

良人도있고　道人도있고

不運한사람과　無力한사람이　殆半이다

留置人은　먹지못하고　자지못하고

寒冷에떨고　毒虫에물리고

죄갱이같은　取調人에게　半死가되여

하로〳〵를　보낸다

留置塲은　大現世에　볼수있는

가장　地獄이다

自由라고　일홈도없다

한달만　있어도

털이돋고　얼골어　化物같이　헬숙하고

全身이　骸骨뇌고

순톱　발톱이길어　독수리같해

貴人도　곳怪物이뙤여버리는

아주〳〵　凶畜한곳어다

───

附記四　留置人의　心思

찹찹한　널판누에

숨도올케　쉬지못하고　앉은留置人들

循間을새겨　때를보내고

때를새겨　하로를보내고

하로〳〵를　헤여서

달을보내는　心思

오늘도 이러구료하여서 해는진다

아지못하며서
나갈날을 기다려
속히여사는 留置人들
틈만있으면 먹는이야기다
굼주린 끝에
한개의 주묵밥을풀고
禁斷의 實果처름 달게먹는다
毒虫과 추어와 매질에
마음의 安靜을 잃은 留置人들
잠만들어도
天國을 꿈구어

附記五 監房의 感想

俗世도

留置場內에서는 바로樂園이다

날이가고 달이갈수록

수염이길어 怪化하는

留置人의心思는 可憐하다

刑務所未決所는 超滿員이다

三十八號室 앞에 섰다

진廊下는 冷藏庫같이차다

獄門은 물방아처름

쩌굴렁하고 텅하는

납 철어 떨어지는 소리를한다

나는 監房의 사람이되였다

세監視口 안에

監禁을當한 囚人들은

마치 探偵小說에나본

魔殿의 地下室밑에

사로잡힌 사람들같이

줄러런히

목만내여놓고

檻褸한 이불밑에 누어있다

나도 이監房의 秩序에依하야

가장좁고 不便한자리에

신끝을치듯 비비우었다

때와 때가 다아

올케도 돌아도 눞지못하고

설익은채 잠을깬 靈없은

七十年來 가장치운 아침이였다

自然은獄窓에도 그作用을 어기지않고

마치 白磁器의 陰刻처름

唐草等 鳳凰等 文樣을

牛乳빛(白銀)浮刻으로 새겨놓았다

起床은 먼동이를때 窓을연다

南洋草 냄새나는 海風을呼吸하고

또 참새소리 공으로들으면서

民族의 解放과 同志의健鬪를爲하야

나는 合掌하고 祈願을 올린다

뒷 말

이詩는 叙景에갓가운 率直한 寫實이다

그러나 過去에있어서 倭政을 가장실허하던 한學生의소리어며

可能한程度로 그支配와 協力을避하고 더좀 朝鮮의自然을사랑

하고 朝鮮魂을 維持하여보려는뜻이다

過去 朝鮮社會는 그범새만안이날뿐이지 完全히 腐敗하여버

렸다 果然最後까지 民族社會를 살리려고努力을一貫한사람이

몇몇인가? 今日에混沌을일움은 過去에 社會的으로 底力이될

만한 숨은志士가 極히稀少하였다는 證左이다

나는이글을 朝鮮을憂慮하는 學生諸君에게 힘의힘이될가하야

보내는바이다 아마도 諸君은자조나리는 가랑비(細雨)보다 큰

우뢰소리 震動하는暴風前 黑雲을터조와할것이다

當豪가 人中最尊의的이되는 이社會

掠奪과 强慾과 欺瞞과 謀略이 그 偶像的 道德일수밖에없다 質

素한生活과 高尚한思索은 그 自體가 永遠이 사라지며한다

어지음 未熟한이册이 特이藝術을사랑하고 眞理를追求하야

맞이안는 學生諸君에게 조금이라도 精神的 도움이 된다면 오직

至幸으로 녁일뿐이다

西紀一九四五年九月 日

於 敦岩町